余秋雨定稿合集

君子之道

The Way of Gentleman

北京联合出版公司
Beijing United Publishing Co.,Ltd.

余秋雨简介

中国当代文学家、美学家、史学家、探险家。

一九四六年八月生,浙江人。早在三十岁之前那个极不正常的年代,针对以"样板戏"为旗号的文化极端主义,勇敢地潜入外文书库建立了《世界戏剧学》的宏大构架。至今三十余年,此书仍是这一领域的权威教材。

二十世纪八十年代中期,因三度全院民意测验皆位列第一,被推举为上海戏剧学院院长,并出任上海市中文专业教授评审组组长,兼艺术专业教授评审组组长。曾任复旦大学美学博士答辩委员会主席、南京大学戏剧博士答辩委员会主席。获"国家级突出贡献专家"、"上海十大高教精英"、"中国最值得尊敬的文化人物"等荣誉称号。

在担任高校领导职务六年之后,连续二十三次的辞职终于成功,开始孤身一人寻访中华文明被埋没的重要遗址。所写作品,往往一发表就哄传社会各界,既激发了对"集体文化身份"的确认,又开创了"文化大散文"的一代文体。

二十世纪末,冒着生命危险贴地穿越数万公里考察了巴比伦文明、克里特文明、希伯来文明、阿拉伯文明、印度文明、波斯文明等一系列重要的文化遗址。他是迄今全球唯一完成此举的人文学者,一路上对当代世界文明做出了全新思考和紧迫提醒,在海内外引起广泛关注。

他所写的大量书籍,长期位居全球华文书排行榜前列。在台湾,他囊括了白金作家奖、桂冠文学家奖、读书人最佳书奖等多个文学大奖。在大陆，多年来有不少报刊频频向全国不同年龄的读者调查"谁是你最喜爱的当代写作人"，他每一次都名列前茅。二〇一八年他在网上开播中国文化史博士课程，尽管内容浩大深厚，收听人次却超过了六千万。

几十年来，他自外于一切社会团体和各种会议，不理会传媒间的种种谣言讹诈，集中全部精力，以独立知识分子的身份完成了"空间意义上的中国"、"时间意义上的中国"、"人格意义上的中国"、"哲思意义上的中国"、"审美意义上的中国"等重大专题的研究，相关著作多达五十余部。联合国教科文组织、北京大学等机构一再为他颁奖，表彰他"把深入研究、亲临考察、有效传播三方面合于一体"，是"文采、学问、哲思、演讲皆臻高位的当代巨匠"。

自二十一世纪初开始，赴美国国会图书馆、联合国总部、哈佛大学、耶鲁大学、哥伦比亚大学等处演讲中国文化，反响巨大。二〇〇八年，上海市教育委员会颁授成立"余秋雨大师工作室"；二〇一二年，中国艺术研究院设立"秋雨书院"。

二〇一八年五月，白先勇和"远见·天下文化事业群"创办人高希均、王力行赴上海颁授奖匾，铭文为"余秋雨——华文世界最具影响力的一支笔"。

近年来，历任澳门科技大学人文艺术学院院长、香港凤凰卫视首席文化顾问、上海图书馆理事长。（陈羽）

作者近影。二〇一九年十一月二十一日,马兰摄。

目录

自　序 …………………………… 001

君子之道

前　论 …………………………… 004
一、最后一级台阶 ………………… 004
二、有故乡的灵魂 ………………… 005
三、孙中山的忠告 ………………… 008
四、中国人的人格理想 …………… 010
五、"小人"的出现 ……………… 012
六、有效遗嘱 ……………………… 014

本　论 …………………………… 016
一、君子怀德 ……………………… 017
二、君子之德风 …………………… 022
三、君子成人之美 ………………… 026
四、君子周而不比 ………………… 030
五、君子坦荡荡 …………………… 033
六、君子中庸 ……………………… 036

七、君子有礼…………………… 040

　　八、君子不器…………………… 046

　　九、君子知耻…………………… 049

尾　语 …………………………… 055

君子之道六十名言

说明 …………………………… 058

本论二十四名言 …………… 059

延论三十六名言 …………… 061

　　1. 君子三戒

　　2. 君子三畏

　　3. 君子九思

　　4. 君子四行

　　5. 君子耻其言而过其行

　　6. 君子道者三

　　7. 君子不忧不惧

　　8. 君子何患无兄弟

　　9. 君子无终食之间违仁

　　10. 君子有三忧

11. 文质彬彬，然后君子

12. 君子教者五

13. 君子深造之以道

14. 天行健，君子以自强不息

15. 唯君子为能通天之志

16. 内君子而外小人

17. 君子以远小人，不恶而严

18. 君子以居贤德，善俗

19. 君子以顺德，积小以高大

20. 君子终日乾乾，夕惕若，厉无咎

21. 君子得舆，民所载也。小心剥庐，终不可用也

22. 君子寡言而行

23. 君子貌足畏也

24. 君子慎始，差若毫厘，缪以千里

25. 君子养心莫善于诚

26. 君子贤而能容

27. 君子行不贵苟难

28. 君子不失足于人

29. 君子溺于口

30. 君子交绝,不出恶声

31. 君子当有所好恶

32. 君子与君子以同道为朋

33. 君子之修身也,内正其心,外正其容

34. 君子以其身之正,知人之不正

35. 君子不恶人,亦不恶于人

36. 君子可以寓意于物

君子之交

一、至谊 ………………………… 086

二、常谊 ………………………… 090

三、甘谊 ………………………… 094

四、水的哲学 …………………… 097

五、由浓归淡 …………………… 100

君子之名

一、君子自杀 …………………… 106

二、君子名声 …………………… 107

三、排他性、脆弱性 …………… 111

四、功能缺失 …………………… 113

五、可怜李清照 ………………… 117

六、几点结论 …………………… 123

君子之狱

一、为自己减刑 ………………… 130

二、狱外之狱 …………………… 132

三、天命相连 …………………… 134

四、换一种气 …………………… 138

五、双向平静 …………………… 140

大地小人

一 ………………………………… 146

二 ………………………………… 150

三 ………………………………… 155

四 ………………………………… 163

五 ………………………………… 168

君子佛心

说明	174
一、菩提树下	175
二、缘起性空	177
三、那些否定	183
四、度化众生	186
五、继续修行	190

岁月之味

说明	200
一、年龄的季节	201
二、一个美国故事	203
三、一个法国故事	207
四、一个俄国故事	210
五、青年的陷阱	212
六、中年的重量	216
七、老年的诗化	218

临终之教

一、中国式的遗憾……………… 222
二、与生活讲和………………… 224
三、文化的误导………………… 228
四、终身的教师………………… 234

余秋雨主要著作选目……………… 236
余秋雨文化大事记………………… 238

自　序

二〇〇五年四月十二日下午，我应邀到美国华盛顿国会图书馆演讲。图书馆根据当地华文读者的要求，给我出了一个题目：写作的脚步。意思很明白，要我着重讲述历险数万公里边走边写的体会。我觉得那些体会都已经写在书里了，不必重复，而我当时最想在国际场合讲述的，是中华文化的集体人格。因此就与他们商量，把讲题改成了"君子的脚步"。

后来在哈佛、耶鲁、马里兰等大学巡回演讲，也是围绕着这个课题。在哈佛演讲后，我与该校几十位退休的华裔教授座谈了两个晚上。他们一致认为，以"君子之道"为入口来讲述中华文化，是一个很好的思路。波士顿森林别墅中的美好夜晚，大家一边喝茶一边畅谈着"古之君子"，真是愉快。

我现在有关君子的论述，就是在那些演讲后整理的部分书面资料。

回想那天在国会图书馆演讲时，一位副馆长热情地说，我是他们历来邀请的演讲者中第一位中国大陆学者。因为是第一位，图书馆在演讲前举行了一个隆重的仪式。那就是，由图书馆的亚洲部主任和另一位官员，推着一辆金属架的运书车，绕场一周。车上，全是他们馆藏的我的著作。运书车推过的通道两边，听众们排排起立，以目光迎送。这场面，让我有点儿感动。

运书车最后终于推到了我的面前。我一看，立即与同去的妻子交换了一个眼色。妻子轻笑了一下，便用手指竖放在唇前。这是因为，车上有很大一部分是盗版书，但妻子希望我不要当场说破。

之前在美国的很多华文书店也看到过不少我的盗版书，还有一些署着我的名字却无一字出于我手笔的书，应该叫伪版书。一看就知道，全都出自我们国内。真不知道那些神通广大的盗版集团如何打通了海外的管道，居然把美国的国会图书馆也给骗了。

比盗版和伪版更严重的是，多数外国人对中国文化也处于普遍的误读状态，其中包括不少学者。其实，造成这种情况的原因，首先是我们中国人自己的误读。

这就像一个人，如果无法讲清楚自己是谁，那么，不管做什么事，对人对己都会是隔阂重重。因此，古希腊神庙墙壁上刻的那句哲言，永远让人惊悚："人啊，认识你自己！"

我说过，欧洲文艺复兴千言万语，其实只是轻声问了一声："我是谁？"此问一出，大家都从中世纪的长夜中苏醒，霞光满天。

君子之道

前　论

一、最后一级台阶

文化有很多台阶，每一级都安顿着不同的项目。那么，最后一级是什么呢？

当然，最后一级不是名校，不是博士，不是教授，不是学派，不是大奖，不是国粹，不是唐诗，不是罗浮宫，不是好莱坞……

很多很多"不是"。但是，它们每一项，都有资格找到自己的文化台阶，拂衣整冠，自成气象。它们很可能把自己看成是最后目标、最高等级，但实际上都不是。而且，它们之间，也互不承认。

世界各国的学者们，常常也在这么多文化项目间比轻重，说是非。意见总是吵吵嚷嚷，直到听到了一种声音，情况才发生一点儿变化。

这种声音说，文化的终极成果，是人格（personality）。

例如，中华文化的终极成果，是中国人的集体人格。复兴中华文化，也就是寻找和优化中国人的集体人格。

这也可以看作是文化的最后一级台阶。

首先以现代学理指出这个台阶的，是瑞士心理学家荣格（Carl Gustav Jung，一八七五——一九六一）。他曾经追随过弗洛伊德有关"无意识"、"潜意识"的研究，但又摆脱了其中的各种局限，认为只有"集体无意识"即集体人格才有普遍意义。对此，学术界曾经有过这样一个比喻：弗洛伊德找到了大海波涛下的暗礁，而荣格，则找到了暗礁下的海床。

二、有故乡的灵魂

更重要的是，荣格指出，"集体人格"并不是形成于当代人们的有生之年。最早的种子，可能在"神话"中就播下了。每个古老的民族都有很多"大神话"，后面还会引发出很多"小神话"，这就是荣格所说的"梦"。

神话和梦，都会以"原型"（archetype）、"原始意象"（primordial images）的方式成为一个民族的"自画像"（self-portrait），反复出现在集体心理活动中。

这一来，"集体人格"就具有了长期稳定的象征意义。照荣格的一个漂亮说法，成了"有故乡的灵魂"。

顺着这个思路，中国人的集体人格也是有"故乡"的。那"故乡"，首先是神话，例如"女娲补天"、"精卫填海"、"夸父追日"、"嫦娥奔月"

等等。每一个中国人的灵魂深处，都埋藏着这些遥远的"故乡"。当然，神话只是起点，"集体人格"的原型建立，是一个复杂的人类学工程。对于一般人来说，只需明白，文化的最后一级台阶，就是为灵魂找到故乡，或者说，找到有故乡的灵魂。

这个课题，连很多等级不低的学者也不明白。

我想起一件往事。

二十几年前，我还在上海戏剧学院担任院长，与一位喜欢读书的上司汪道涵市长成了朋友，建立了一种"好书交换"关系，约定发现好书，签名互赠。有一次，我送给他一部北京刚刚出版的古印度哲学《五十奥义书》，他立即回送我一部台湾中正书局出版的《西方思想家论中国》。过几天我告诉他，我读了里边刘耀中先生写的《中国与荣格》一文，对其中一段记述很感兴趣。

这段记述，介绍了荣格在自传中写到的接受中国学者胡适访问的情景：

> 他们谈《易经》，胡适告诉荣格说，他不太相信《易经》，并说那该是一种魔术和符咒。荣格听到后，急问他曾经尝试过没有，胡适点头。荣格再问他，《易经》卦内的答案是不是真实的，对他有没有帮助。
>
> 这一连串的问题，使胡适很难受。荣格也开始意识到，中国当代学者已渐渐走向西方的科学境界，对他们自己的传统文

化有怀疑了。

胡适认为《易经》是一种魔术和符咒，用的是西方近代科学思维。但他不知道，此刻坐在他眼前的这位西方公认的一流学者，却曾经深入研究过《易经》。我们不妨再读一段刘先生的介绍：

> 荣格为威廉的《易经》译本写了十七页的引言。荣格说，西方古代的科学与中国《易经》原则是共通的，但是与西方现代科学的因果律有很大的差别。因果律超越不过统计学，现代人比不上古代人的主观智慧。因果律把人的主观异化了，该是西方文明很大的毛病。
>
> 荣格并且发现，中国道家有"物极必反"的基本法则，远远超过西方人的思想。他指出，西方往往被"自我中心观"的魔鬼引导，而沿着所谓"高贵"的道路走向宗教经验将带来的硕果。于此，荣格观察到，道家的"物极必反"法则西方可以采用，唯有靠此，在西方互相冲突的人格和他们忘记了的另一半才会团圆，西方人士的痛苦内战才会结束。
>
> ——《西方思想家论中国》第一七六～一七七页

胡适比荣格小十六岁，无论从年龄辈分上还是从学术辈分上都不能与荣格比肩。他显然没有读过荣格为《易经》写的那十七页引言，所以那天说得太草率了。荣格一听就着急，而且后来还是不断着急，一再"劝告中国文明绝对不要跟西方跑"。

荣格在以上引文中论述到中国哲学时，作为对照，提到了自己非常熟悉的"西方互相冲突的人格"。你看，人格，还是人格，他离不开这个命题。他指出，中国文化和西方文化的根本差异，正在于"人格"的不同，这是他的学术基点。

汪道涵先生他们这代人受五四新文化运动的影响很深，因此比较能够理解胡适对于《易经》等中国古典的隔阂，很不喜欢当时已经重新探头的"国粹"、"国学"等概念，隐隐觉得那是改革开放的文化阻力。我向汪道涵先生解释道，我也不喜欢"国粹"、"国学"等低级复古主义的提法，认为那是借用国家主义来实行排他主义，而且主要是排斥国内的其他艺术和学问；但是，从文化人类学的高度寻找民族生存的远古基因，与我们的现代化努力并不抵牾。让我高兴的是，汪先生虽然不熟悉荣格，却对弗雷泽（James George Frazer，一八五四——一九四一）比较了解，读过《金枝》，这就使我们讨论荣格有了基础。

三、孙中山的忠告

荣格见了胡适后，发现中国当代学者已经不明白自己传统文化中有些内容"远远超过西方人的思想"，不明白"西方互相冲突的人格"所造成的痛苦内战只有靠中国哲学才能结束。其实，并不是所有的中国当代智者都是这样。

早在荣格见胡适之前很多年，中国最有现代思维的革命领袖孙中山在日本的一次演讲中，已经触及西方文化和中国文化的差别，观点居然非常靠近荣格而不是胡适。他还借此警告了日本的文化选择。

一九二四年，孙中山在日本神户的演讲中说：

> 西方的物质文明是科学文明，并最终发展为武力文明来压迫亚洲国家，这也就是中国自古以来所谓的"霸道"文化。而东方文明则是要远远超越它的"王道"文化。王道文化的本质就是道德和仁义。
>
> 你们日本民族既得到了欧美的霸道文化，又拥有亚洲的王道文化，对于世界文化的未来，日本究竟是要成为西方霸道的鹰犬，还是做东方王道的干城，都需要由你们日本国民自己去详审慎择。

后来的情况如何呢？七十多年之后，日本企业家稻盛和夫到中国天津演讲，他在引述了孙中山上面这段话后坦承：

> 令人遗憾的是，日本不仅没有听从孙中山的这一忠告，反而一发不可收地走上了霸权主义的道路。
>
> ——《对话稻盛和夫》（四）第八十五页

孙中山把荣格所说的"西方互相冲突的文化"与中国以道德和仁义为本质的"王道"文化一起放在日本面前,要他们"详审慎择"。这个思路,也就是把不同政治选择归因于文化选择。然而,既然他提到一切都是"自古以来"的,那么,要日本选择"王道"文化也就会遇到不小障碍,但孙中山还是要劝告。

王道、道德、仁义等等,大家都会说,但当这些文化理念全都沉淀为人格,而且由悠久的岁月沉淀为集体人格,别的人群要学,就不容易了。

四、中国人的人格理想

中国人的集体人格应该是什么样的呢?这个问题,既带有历史性、现实性,又带有理想性。

显然,这种集体人格必然与其他民族很不一样。

我可以再借一个外国人来说明这个问题。

这个人我说过多次,就是那位十六世纪到中国来的耶稣会传教士利玛窦。他对中国文化进行了数十年精深和全面的研究,很多方面已经一点儿也不差于中国文化人。但我们读完长长的《利玛窦中国札记》(*China in Sixteenth Century*: *The Journals of Mathew Ricci*)就会发现,最后还是在人格上差了关键一步。那就是,他暗中固守的,仍然是西方的"圣徒人格"和"绅士人格"。

与"圣徒"和"绅士"不同,中国文化的集体人格模式,是"君子"。

中国文化的人格模式还有不少，其中衍伸最广、重叠最多、渗透最密的，莫过于"君子"。这也可以说是一个庞大民族在自身早期文化整合中的"最大公约数"。

"君子"，终于成了中国人最独特的文化标识。世界上的其他民族，在集体人格上都有自己的文化标识。除了利玛窦的"圣徒人格"和"绅士人格"外，还有"骑士人格"、"灵修人格"、"浪人人格"、"牛仔人格"等等。这些标识性的集体人格，互相之间有着巨大的区别，很难通过学习和模仿全然融合。这是因为，所有的集体人格皆如荣格所说，各有自己的"故乡"。从神话开始，埋藏着一个遥远而深沉的梦，积淀成了一种潜意识、无意识的"原型"。

"君子"作为一种集体人格的雏形古已有之，却又经过儒家的选择、阐释、提升，结果就成了一种人格理想。儒家先是谦恭地维护了君子的人格原型，然后又鲜明地输入了自己的人格设计。这种在原型和设计之间的平衡，贴合了多数中国人的文化基因和文化选择，因此儒家也就取得了"独尊"的地位。

不少中国现代作家和学者喜欢用激烈的语气抨击中国人的集体人格，揭示丑恶的"国民性"。这看似深刻，但与儒家一比，层次就低得多了。儒家大师如林，哪里会看不见集体人格的毛病？但是，从第一代儒学大师开始，就在淤泥中构建出了自己的理想设计。

这种理想设计一旦产生，中国文化的许许多多亮点都向那里滑动、集中、灌注、融合。因此，"君子"二字包罗万象，非同小可。儒家学说的最简捷概括,即可称之为"君子之道"。甚至,中国文化的钥匙也在那里。

对中国文化而言,有了君子,什么都有了;没有君子,什么都徒劳。

这也就是说,人格在文化上,收纳一切,沉淀一切,预示一切。

任何文化,都是前人对后代的遗嘱。最好的遗嘱,莫过于理想的预示。

后代应该成为什么样的人?中国文化由儒家做了理想性的回答:做个君子。

做个君子,也就是做个最合格、最理想的中国人。

我一直认为,中国文化没有沦丧的最终原因,是君子未死,人格未溃。

中国文化的延续,是君子人格的延续;中国文化的刚健,是君子人格的刚健;中国文化的缺憾,是君子人格的缺憾;中国文化的更新,是君子人格的更新。

如果说,文化的最初踪影,是人的痕迹;那么,文化的最后结晶,是人的归属。

五、"小人"的出现

儒家在对"君子"进行阐述的时候,采取了一种极为高明的理论技巧。那就是,不直接定义"君子",只是反复描绘它的对立面。

"君子"的对立面,就是"小人"。

用一系列的否定,来完成一种肯定。这种理论技巧,也可称之为"边缘裁切法",或曰"划界确认法"。这种方法,在逻辑学上,是通过确认外延，来包围内涵。

因此，"小人"的出现，对"君子"特别重要。其实不仅在理论概念上是这样，即使在生活实际中也是这样。如果没有小人，君子就缺少了对比，显现不出来了。

"小人"，在古代未必是贬义，而是指向低微社会地位的生态群落。诚如俞樾在《群经平议》中所说："古书言君子、小人，大都以位言，汉世说如此。后儒专以人品言君子、小人，非古义也。"

但是，生态积淀人品。终于，这组对比变成了人品对比。

君子和小人的划分，使君子这一人格理想更坚硬了。在汉语中，"人格"之"格"，是由一系列拒绝、摆脱、否决来实现自己的框架和筋骨的。在君子边上紧紧贴着一个小人，就是提醒君子必须时时行使推拒权、切割权，这使君子有了自立的规范。

君子和小人的划分，并不一定出现在不同人群之间。同一群人，甚至同一个人，也会有君子成分和小人成分的较量。我说过，连我们自己身上，也潜伏着不少君子和小人的暗斗。这也就构成了我们自己的近距离选择。唐代吴兢在《贞观政要·论教戒太子诸王》中说：

> 君子、小人本无常。行善事则为君子，行恶事即为小人。

这就说得很清楚了，其间的区分不在于两个稳定的族群，而在于我们内心的一念之差，我们行为的一步进退。我觉得这种思想，与萨特

（Jean-Paul Sartre，一九〇五——九八〇）存在主义哲学中有关"由选择决定人的本质"的论述颇为相近。

儒家让君子和小人相邻咫尺，其实也为人们提供了自我修炼长途中的一个个岔道，让大家在岔道口一次次选择。然后，才说得上谁是君子。

君子，是选择的结果。小人，是儒家故意设定的错误答案。设定错误答案的目的，不是为了让你选错，而是为了让你选对。

六、有效遗嘱

儒家对后世的遗嘱——做君子，不做小人，有没有传下来呢？

传下来了。而且，传得众人皆知。只要是中国人，即使不通文墨，也乐于被人称为君子，而绝不愿意被人看作小人。如此普及千年，如此深入人心，实在是一种文化奇迹。

由此，儒家的遗嘱，也就变成了整个中国文化的主要遗嘱。

这一现象传达了一个重大的人文奥秘，那就是：最重要、最有效的遗嘱，总是与做人有关。

孔子本来是有完整的人文计划的，"修身、齐家、治国、平天下"。但一辈子下来，治国、平天下的目的不仅自己没有达到，而且讲给别人听也等于对牛弹琴。十余年辛苦奔波于一个个政治集团之间，都没有效果。回来一看，亲人的离世使"齐家"也成了一种自嘲。最后，他唯一能抓住的，只有修身，也就是让自己做个什么样的人。因此，他真正实践了的结论,可让别人信赖的结论,也只有这一条。"修身"本是他计划的起点,没想到,起点变成了终点。

不错,做人,是永恒的起点,也是永恒的终点。

因为与人人有关,所以能够代代感应,成为有效遗嘱。

一定有人不赞成,认为君子之道流传那么久,产生真正完美君子的比例并不高。因此,不能认为"有效"。

这种观点,忽视了理想的永恒意义,把理想人格的设计和引导当作了"应时配方"。其实,人类历史上任何民族的理想人格设计,都不具备"即时打造、批量生产"的功能。君子之道也一样,这是一种永不止息的人格动员,使多数社会成员经常发觉自己与君子的差距,然后产生"见贤思齐"、"景行行止"的向往,而不是在当下急着搭建一个所谓"君子国"。

过程比终点重要,锻铸人格的过程只要不中断,就能持续地提升每一代的社会人文质量。相反,一个个匆促搭建的"君子国",肯定名不副实。

本　论

既然君子之道是中国文化的主要遗嘱，那么，古人心中的君子应该是什么样的呢？

这是我多年来特别想做的一件事，那就是为今天的年轻读者介绍君子之道的简单轮廓。

不要看不起简单，请相信，任何祖先遗嘱都不会艰深复杂。艰深复杂了，一定不是最重要的遗嘱，也不值得继承。

我选出的君子之道，有这样九项：

一、君子怀德；

二、君子之德风；

三、君子成人之美；

四、君子周而不比；

五、君子坦荡荡；

六、君子中庸；

七、君子有礼；

八、君子不器；

九、君子知耻。

下面我一点点解释。

一、君子怀德

如果要把君子的品行简缩成一个字，那个字应该是"德"。因此，"君子怀德"，是君子之道的起点。

德是什么？说来话长，主要是指"利人、利他、利天下"的社会责任感。

"利天下"是孟子说的，在《孟子·尽心》中以"摩顶放踵利天下"来阐释"兼爱"，意思是只要对天下有利，不惜浑身伤残。

当然，这是太高的标准，一般人达不到，因此还是回过头去，听听孔子有关"君子怀德"的普遍性论述。

孔子说：

> 君子怀德，小人怀土；君子怀刑，小人怀惠。
>
> ——《论语·里仁》

对这句话的注释，朱熹《四书章句集注》做得最好。朱熹是这样注的：

怀，思念也。怀德，谓存其固有之善。怀土，谓溺其所处之安。怀刑，谓畏法。怀惠，谓贪利。君子、小人趣向不同，公私之间而已。

"怀德"，指心存仁德；"怀土"，指心存占有；"怀刑"指心存法禁；"怀惠"，指心存利惠。按照朱熹的说法，君子、小人的差别，根子上是公、私之间的差别。以公共利益为念，便是君子；以私自利益为念，则是小人。因为这里所说的小人是指普通百姓，所以"怀土"、"怀惠"也是合理的，算不上恶。但是，即使是普通百姓，如果永远地思念立足的自家乡土而不去守护天良仁德，永远地思念私利恩惠而不去关顾社会法禁，那也就不是君子。

孔子把"德"和"土"并列为一个对立概念。"土"，怎么会成为"德"的对立面呢？这是现代人不容易理解的。对于这个问题，我们不妨先看一看儒家经典《礼记·大学》中有一个很有意思的排列。在这个排列中，君子心目中的轻重关系分五个等级：第一是德，第二是人，第三是土，第四是财，第五是用。结论是，德是本，财为末。原文如下：

君子先慎乎德。有德此有人，有人此有土，有土此有财，有财此有用。德者，本也；财者，末也。

——《大学》第十章

这段话,如果用我的语言方式来说,就会是这样:

> 作为君子,放在最前面的必须是道德。有了道德,才会有真正的人;有了人,才会有脚下的土地;有了土地,才会产生财物;有了财物,才能有所享用。因此,道德是本,财物是末。

原来,"土"是作为"物"的滋生者而出现的。现在国际上有人喜欢把中国那些只重物、不重德的有钱人称为"土豪",甚至有可能成为一个新的英语词汇,这中间的"土",倒恰恰与孔子所说的"小人怀土"同一个意思。

还有一种说法更彻底,不赞成把"土"、"物"平列地与"德"比先后,而认为它们之间是承载和被承载的关系。那就得出了《周易》里的那句千古名言:

> 君子以厚德载物。
>
> ——《周易·象传》

"厚德载物"可以有两种解释,那就是把"厚"看成动词,还是形容词。

如果看成动词,意思就是:先要培植、加重德行,然后可以承载万物;如果看成形容词,意思就是:只有以厚重、稳固的道德为基座,才能承载万物。

这两种意思，没有什么差别。一个"载"字，说明了"德"和"物"之间的主、属关系。

历来也有很多富豪行善，可惜他们往往是"厚物载德"，也就是厚积大量财物，然后浮现一些善行。他们的居所里，很可能也挂着"厚德载物"的牌匾，但在行动上却把主、属关系颠倒了。

颠倒还算好，更要防范的是完全没有德。

那将会如何？《潜夫论》认为，"无德而贿丰，祸之胎也"。

对"德"产生侵扰的，除了物，还有力。其实，很多人追求物，目的还是在追求力。直到今天，在很多人心目中，炫耀财物比较庸俗，而炫耀力量却让人羡慕。因此，古往今来，更能消解"德"的，是"力"。应该佩服荀子，他那么及时地说了八个字：

> 君子以德，小人以力。
>
> ——《荀子·富国第十》

这是在说立身之本。君子立身于德，小人立身于力。

即使君子拥有了力，那也要以德为归，以力弘德。总之，万物之间，德是主宰。

西方近代社会，主要着眼于力。我国当代很多人片面地模仿，又变本加厉，把德和力的关系颠倒了。他们崇尚"成功"，甚至从童年开始，就永远地弥漫着"输赢"的符咒,一直贯穿终身。他们所说的"成功"和"赢",也就是荀子所警惕的"力"。按照儒家哲学,这是一条背离君子之道的"缺德"路。

不妨设想一下,多少年后,我们居住的城市和街道,拥挤着一个更比一个"成功"的"力士",摩肩接踵,我们还敢继续住下去吗?我们真正企盼的,究竟是什么?

在中国古代经典中,德,是一个宏大的范畴。在它的周边,还有一些邻近概念,譬如仁、义等等。我们可以把它们当作德的"家庭成员",当作"君子怀德"这一基本命题的衍伸。它们都用近似的内涵说明了一个公理:良好的品德,是君子之魂,也是天下之盼。

虽然同属于"德",但是"仁"、"义"的色彩不太一样。一般说来,仁是软性之德,义是硬性之德。

孔子对"仁"的定义是"仁者爱人"。于是,以后人们说到"仁",总是包含着爱。例如《盐铁论》所说"仁者,爱之效也";《淮南子》所说"仁莫大于爱人"等等。

至于"义",孔子则斩钉截铁地提出"君子喻于义,小人喻于利"(《论语·里仁》)。那么,什么是义?大致是指由德出发的豪侠正道。相比之下,"仁"显温和,"义"显强劲,正如《扬子法言·君子》所说:

君子于仁也柔,于义也刚。

——《扬子法言·君子》十二

一柔一刚，合成道德，然后合成君子。

这也就是说，君子怀德，半是怀柔，半是怀刚，面对着广泛不一的对象。如此广德，便是大德。

只有大德，才能巍然屹立，与更广泛的小人行径构成系统性的对比。

对于这个问题，唐朝的魏徵做了简明的概括，他在《十渐不克终疏》中说：

> 君子之怀，蹈仁义而弘大德；小人之性，好谗佞以为身谋。

这种划分，早在屈原的作品中就已经出现，而到了唐代这么一个诸般生命力一起勃发的时代，对文化品性的重新裁划就显得更加重要了。因此，屈原的个人评判变成了一种社会共识。例如，"好谗佞"这三个字，显然已经成为中国文化法典中的大恶条款。把这三个字翻译成现代话，句子会长一点儿，就是"习惯于用谣言毁人，热衷于以媚态奉迎"。这种人，当然应该判定为缺德的小人。

与之相反，君子的本质也在对比中展现得更明确了："蹈仁义而弘大德。"

二、君子之德风

在说了"君子怀德"之后，立即跟上"君子之德风"，有一种紧密的逻辑理由。尽管,这几个字对当代读者来说已经比较陌生。

来源,是孔子在《论语·颜渊》中的一段话:

> 君子之德风,小人之德草,草上之风,必偃。

可以这样翻译:

> 君子的道德像风,民众的道德像草。风吹向草,草就随风倾伏。

这一论述,指出了君子的德行必须像风一样影响大众。孔子在这里所说的"小人",仍然是指社会地位上的小民。因为有了他的这个说法,小民也经常被称作"草民"。

把民众比之为草,并非贬损。草,这种依附大地的广泛存在,一旦生根就难于挪移,一切动静、荣枯,只能依凭外在力量。风,就是让草进入动态的外在力量。但是,风来自何方,却是一个问题。

孔子主张,左右民众动态的风,应该是道德之风,君子之风。

这个观点又引申出了另一番意义:凡是道德,便应成风;凡是君子,便应成风。

社会上,不管是风尚、风气、风范,还是风潮、风俗、风情,这些"风"的起点,都应该包含"君子之德"。

这一来，既涉及了社会走向，又涉及了君子职责。

在社会走向上，儒家反对放任。孔子所说"小人怀土"，正是指出了普通民众的草根性、狭隘性、黯昧性、占据性。对他们，君子必须把自己高贵的生命能量变成风气，进行传播和梳理。

一个君子，如果自认为具有仁义大德，却默而不语，不做传播，那么，他对社会的仁义何在？对民众的大德何在？仁义大德是一种有对象的"他向行为"，关及的对象越多，就越有价值。所以荀子说："仁者好告示人"（《荀子·荣辱第四》）。在儒家看来，不"告示人"的仁德，就不是真正的仁德。

儒家的这一思想，如果用现代话语来表达，那就是：崇尚精英主义，否定民粹主义；主张道德传扬，反对君子自闭。

遗憾的是，历代总有不少官僚玩弄"民瘼"、"民情"、"乡愿"等概念，利用民众的草根性、狭隘性、黯昧性、占据性来讨好、取悦、委顺、放纵，以赚取"官声"。儒家要求用道德之风来吹拂草，这些人却借草扬风，结果只能沙尘满天，使得一个个君子埋在草丛之中灰头土脸。

这一来，连很多具有社会责任感的君子，也已经很难相信道德之风的生命力了。

是啊，在那么多上上下下的干扰中，君子的道德之风还能吹得远吗？

对于这个问题，《尚书》的回答气象非凡：

惟德动天，无远弗届。

——《尚书·大禹谟》

《尚书》认为，道德本是天意，不必寻找它能够传播开去的具体原因。只需立德，便能动天，一旦动天，天下尽归。

这一古老的话语，乍一听带有开天辟地时代不容争议的霸气，却能让我们联想到德国十八世纪哲学家康德（Immanuel Kant，一七二四——一八○四）关于道德是"第一命令"、是"天律"的论述。

从天上回到地下，道德能够广泛传播，还由于人心。人心之中埋有固有之善，往往缺少召集。就像我们经常在自然灾害的现场看到的那样，一旦面对伤残对象，许多素昧平生的人立即同时伸出援手。这才发现，人与人之间的道德居所并不遥远，而是非常邻近。那又要让人想起孔子的名言了：

德不孤，必有邻。

——《论语·里仁》

在这一点上，孔子是"道德乐观主义者"。他相信普遍人性，随之相信天下君子不会孤独。他把《尚书》所说的"动天"，与"动心"连在一起了，又把"动心"看作是一种密集的集体现象。

孔子的这个说法非常温暖，使很多弘德行善的君子即使一时感到孤独，也会保持信心。他们渐渐明白，即使是荒僻的村舍，即使是陌生的街市，都可能是道德载体。

一时孤独了，一定别有原因，而不能归因于自己对道德的承担。道德不会孤独，那么，承担者也不会孤独。

老子与孔子不同，并不是"道德乐观主义者"，而且也不希望真正有德之人过于自得（"上德不德，是以有德"）。但是，即便是他，也认为不断地积累道德就能无往不胜。他说：

重积德则无不克。

——《老子》五十九章

墨家不喜欢儒家宣讲道德的方式，但在实践行为上，却是树立了令人感动的大德形象。他们的"德风"，往往以群体性的侠义壮举来传扬，令人振奋。

总之，积极传扬仁义大德，是中国文化对于君子品行的一个重要共识。

三、君子成人之美

这句话，浅显易懂，传播广泛，已成为中国民间判别君子的一个通俗标准。当然，这个通俗标准并不浅显。

话是孔子说的，整句如下：

君子成人之美，不成人之恶。小人反是。

——《论语·颜渊》

"美"的概念，在人类古代常常与"善"交融在一起，很难明晰分开。到了孔子的时代，已经有"尽善尽美"的说法，这就意味着"美"已经可以与"善"并立，具有某种独立性了。但是，孔子在这句话中，为"美"设定的对立面是"恶"而不是"丑"，因此"美"在这里又与"善"近义，大致是"好事"的意思。

"成人之美"，也就是促成别人的好事。这里的"人"，并不仅仅指家人、友人、认识的人，其范围极大，广阔无边。

孟子在《公孙丑》中所说的"君子莫大乎与人为善"，以及后来唐代《贞观政要》中所说的"君子扬人之善，小人讦人之恶"等等，都让人联想到孔子"成人之美"的说法。而且这些说法确实也可以看成是"同义联璧"。但是细细辨析，这里的"美"和"善"还是有区别的。

例如救穷、赈灾、治病、抢险，只能说是"与人为善"，而不便说是"成人之美"。"成人之美"更多的是指促成良缘、介绍益友、消解误会、帮助合作等等。总之，"成人之美"偏重于锦上添花的正面建设，而且具有一定的形式享受。

这里也体现了"君子"与"好人"的微妙差别。"好人"必然会"与人为善"，但"君子"除了"与人为善"之外，还会"成人之美"。在灾难面前，"君子"与"好人"做着同样的事，但在无灾的日子里，"君子"更会寻找正面意义的形式享受。为此，他们比"好人"似乎更高雅一点儿。

接下来，还应该辨析一下这个命题的对立面："成人之恶。"

"成人之恶"的"成"有三种可能：

第一种可能，恶已开始，帮其完成。例如，为殴人者提供木棍，为造谣者圆了谎言。

第二种可能，恶未开始，从头酿成。例如，怂恿少年吸毒，挑拨夫妻反目。

第三种可能，攻善为恶，伪造而成。这主要是指用谣言、诽谤等手法玷污他人，造成一个传说中的"恶人"。

三个"成"，哪一个是"成人之恶"中的"成"？我觉得，都是。与这三个"成"字相对应，那个"人"字也就有了三种含义。如前所述，为"半恶之人"、"被恶之人"、"非恶之人"，结果，都成了"恶人"。因此"成人之恶"是一项多方位的负面社会工程。

如此仔细地辨析了"成人之恶"，那么，我们也就能进一步对"成人之美"理解得更深入一点儿了。

"成人之美"也是一项多方位的社会工程，只不过都是正面的。大体上也分为三种可能：

一、使未成之美尽量完成；

二、使未起之美开始起步；

三、化非美为美，也就让对方由污淖攀上堤岸。

"成人之美"和"与人为善"，都具有明显的"给予"主动，都体现为一种带有大丈夫气质的积极行为。

一个人，究竟是"成人之美"还是"成人之恶"，这种极端性的是非选择，显现在日常生活中，很可能是非常细微的。例如，这边在中伤一个无辜者，你知道真相而沉默，那就是成人之恶；那边在举行一个婚礼，你素昧平生却投去一个祝贺目光，那就是成人之美……

这么说来，任何人在任何时刻都有选择做君子的机会，那是一种"水滴石穿"的修炼。不必等待，不必积累，君子之道就在一切人的脚下。而且，就在当下。

既然渗透到了日常生活中，那么，如何在细微事件中快速评判善恶是非呢？孔子相信，评判的标尺就藏在我们自己的心底。那就是，自己不想碰到的一切，绝不要强加到别人身上去。这个标尺很简捷，也容易把握，因此，几乎所有的中国人都知道下面八个字：

己所不欲，勿施于人。

——《论语·颜渊》

这就为"成人之美"、"与人为善"找到了每一个人都可以自行把握的内心依据。

西方文化正如孙中山先生指出的，习惯于把自己的理念通过很霸道的方式强加在别人头上；而中国文化则认为，天伦大道藏在每个人的心底，只要将心比心就可以了。

四、君子周而不比

原文见《论语·为政》。孔子说:

> 君子周而不比,小人比而不周。

"周"和"比"的意思,与现代语文有较大的距离了,因此需要做一些解释。

这两个字,到朱熹时代就已经不容易解释。朱熹注释道:"周,普遍也。比,偏党也。"当代哲学家李泽厚根据朱熹的注解,在《论语今读》中做了这样的翻译:"君子普遍厚待人们,而不偏袒阿私;小人偏袒阿私,而不普遍厚待。"

这样的翻译,虽然准确却有点儿累,李泽厚先生自己也感觉到了,因此他在翻译之后立即感慨孔子原句的"言简意赅"、"便于传诵"。

其实,我倒是倾向于坊间一种更简单的翻译:

> 君子团结而不勾结,小人勾结而不团结。

两个"结"字,很好记,也大致合乎原意。因为征用了现代常用语,听起来还有一点儿幽默。

不管怎么翻译,一看就知道,这是在说君子应该如何处理人际关系的问题了。

其实，前面几项都已涉及人际关系。但是，无论是"怀德"、"德风"，还是"成人之美"，讲的都是大原则。明白了大原则，却不见得能具体处理。有很多君子，心地善良，却怎么也不能安顿身边人事。因此，君子之道要对人际关系另做深论。

"周而不比"的"周"，是指周全、平衡、完整；而作为对立面的"比"，是指粘连、勾搭、偏仄。对很多人来说，后者比前者更有吸引力，这是为什么？

这事说来话长。人们进入群体，常常因生疏而产生一种不安全感，自然会着急地物色几个朋友，这很正常。但是，接下来就有鸿沟了：有些人会把这个过程当作过渡，朋友的队伍渐渐扩大，自己的思路也愈加周全，这就在人际关系上成了君子；但也会有不少人把自己的朋友圈当作小小的"利益共同体"，与圈子之外的多数人明明暗暗地比较、对峙。时间一长，必然延伸成一系列窥探、算计和防范。显然，这就成了小人行迹。

这么说来，"周而不比"和"比而不周"之间的差别，开始并不是大善大恶、大是大非的分野。但是，这种差别一旦加固和发展，就会变成两种截然不同的人格系统。

在人际关系中的小人行迹，最明显地表现为争夺和争吵。这应该引起君子们的警惕，因为不少君子由于观点鲜明，刚正不阿，也容易发生争吵。一吵，弄不好，一下子就滑到小人行迹中去了。那么，为了避免争吵，君子能不能离群索居,隔绝人世?不能,完全离开群体也就无所谓君子了。孔子只是要求他们,入群而不裂群。因此,他及时地说了这段话:

君子矜而不争,群而不党。

——《论语·卫灵公》

这次李泽厚先生就翻译得很好了:"君子严正而不争夺,合群而不偏袒。"

作为老友,如果要我稍稍改动一下文字,我会把"争夺"改成"争执",把"偏袒"改成"偏执"。两个"执",有点儿韵味,又比较有趣,而且意思也不错。

那就改成了这样一句:"君子严正而不争执,合群而不偏执。"

孔子所说的这个"矜"字,原来介乎褒贬之间,翻译较难,用当今的口头语,可解释为"派头"、"腔调"、"范儿"之类,在表情上稍稍有点儿作态。端得出这样的表情,总不会是"和事佬",免不了要对看不惯的东西说几句重话吧?但孔子说,君子再有派头,也不争执。这句话的另一番意思是,即使与世无争,也要有派头。那就是不能显得窝囊、潦倒,像孔乙己。是君子,必须有几分"矜",讲一点儿格调。

"群而不党",如果用现代的口语,不妨这样说:可以成群结队,不可结党营私。甚至还可以换一种更通俗的说法:可以热热闹闹,不可打打闹闹。

"党"这个字,在中国古代语文中,是指抱团、分裂、互损,与君子风范相悖。

只要结党营私，小团体里边的关系也会日趋恶劣。表面上都是同门同帮，暗地里却处处不和。这种情况可称之为"同而不和"。与之相反，值得信赖的关系，只求心心相和，不求处处相同，可称之为"和而不同"。这两种关系，何属君子，何属小人，十分清楚，因此孔子总结道：

> 君子和而不同，小人同而不和。
>
> ——《论语·子路》

这句话也描绘了一个有趣的形象对比：君子，是一个个不同的人；相反，小人，一个个都十分相似。因此，人们在世间，看到种种不同，反而可以安心；看到太多的相同，却应分外小心。

由此，我们已经涉及了君子和小人的整体气貌。

五、君子坦荡荡

这就是整体气貌了。

从上面的分析可以知道，在人际关系中，小人要比君子劳累得多。

小人的劳累至少有以下几个方面。

第一，小人要"结党营私"，必须制造敌人，窥探对手，敏感一切信息，终日战战兢兢。

第二，小人要"成人之恶"，必须寻找恶的潜因，恶的可能。随之，还要寻找善的裂纹，美的瘢痕。

第三，不管是"结党营私"还是"成人之恶"，都必须藏藏掖掖，遮遮掩掩，涂涂抹抹，费尽心机。

第四，如前所说，即便在自己的小团体内，他们也在彼此暗比，互相提防。比了，防了，又要表现为没比，没防，在嘻哈拥抱中伪装成生死莫逆、肝胆相照，这该多劳累啊。

这么多劳累加在一起，真会使任何一个人的快乐被扫荡，轻松被剥夺，人格被扭曲。结果如何，可想而知。人们历来只恨小人天天志得意满，却不知他们夜夜心慌意乱。

君子当然也劳累，但性质完全不同。君子要行仁、践义、利天下，即便缩小范围，也要关顾到周围所有的人，达到"周"的标准，能不劳累吗？只不过，这种劳累，敞亮通达，无须逃避质疑的目光，无须填堵已露的破绽，无须防范种下的祸殃。这一来，劳累也就减去了一大半。剩下的，全是蓝天白云下的坦然畅然。

正是面对这种区别，孔子说话了：

君子坦荡荡，小人长戚戚。

——《论语·述而》

这句话，在中国非常普及。它纠正了民间所谓"做好事受罪，做坏事痛快"的习惯性误解,指出究竟是"受罪"还是"痛快",需要从心境上寻找答案。答案,与民间的误解正恰相反。

小人很想掩盖"戚戚",因此总是夸张地表演出骄傲、骄横、骄慢、骄躁。什么都能表演,唯独不能表演坦然、泰然。这正如,变质的食品可以用各种强烈的调料来包裹,唯独不能坦白地展示真材实味。

这个意思,孔子用另一句话来表明:

君子泰而不骄,小人骄而不泰。

——《论语·子路》

在这里,"泰",就是"坦荡荡";而"骄",就是为了掩盖"戚戚"而做出的夸张表演。

"泰"、"坦荡荡",都是因为自己心底干净,无愧无疚,没有什么好担忧的,更没有什么好害怕的。这样的君子,无论进入什么情形都安然自得,即《礼记·中庸》所说的"君子无入而不自得焉","上不怨天,下不尤人",真是一种自由境界。

由此孔子得出了又一个重要结论:"君子不忧不惧。"为什么能够不忧不惧?理由是:"内省不疚,夫何忧何惧?"

这个重要结论,出现在《论语·颜渊》里,让人欣喜地感受到一种因光明磊落而产生的爽朗和豪迈。

当然,君子也会有忧虑的,那就是在面对更高的精神目标的时候。例如，孔子所说的"君子忧道不忧贫"(《论语·卫灵公》);孟子所说的"君子有终身之忧,无一朝之患"(《孟子·离娄下》)。也就是说,君子对每天的得失,可以全然不忧不惧,但对大道的沉浮,却抱有一辈子的担忧。

孔子、孟子所描述的这种君子形象,似乎只是一种很难实现的人格理想。但是,我们只要闭目一想,中国历史上确实出现过大批德行高尚又无所畏惧的君子,世代传颂,成为中华民族的精神支撑。由此可见,这样的君子不仅可敬可仰,而且可触可摸。孔孟教言,并非虚设。

六、君子中庸

中庸,是儒家设定的思维杠杆。

但是,他们又把这种思维杠杆看成是君子应有的美德,并且颁布了一个判别基准:

> 君子中庸,小人反中庸。
>
> ——《礼记·中庸》

孔子甚至不无激动地说:

> 中庸之为德也,其至矣乎!
>
> ——《论语·雍也》

这就把中庸说成了最高道德。

"中"是指避开两头的极端而权衡出一个中间值;"庸",是指一种寻常实用的稳定状态。这明明属于方法论的范畴,怎么会成为一种最高道德呢?

主要原因,与文明的艰难历程有关。

人类在开始拓植文明之后的很长时间,艰险的环境危及生存,不得不处处运用过度之力。面对荒昧,面对野蛮,面对邪恶,若不超常用力,怎么能够活下来?终于,活下来了,那又必定加倍地动用重力、暴力、武力进行自卫和惩罚。既然一切都以超常的形态出现,当然又会引发更加超常的报复。时间一长,以暴易暴,成了人类生活的第一规则,几乎谁也免不了。连不少仁慈的宗教,也发动了一次次宗教战争。强大、威武、雄蛮,变为多数权势者和庇荫者的人格企盼,也成为大家的生存方略。在这种情况下,谁都不敢承认,却又不能不承认,人类正由愈演愈烈的杀伐程序走向自毁自灭。

一切都起之于过度用力,又以道义的借口让那些过度之力走向了极端主义。极端主义,听起来好像是一个现代命题,其实在遥远的古代已经是一个广泛渗透的意识形态。

明白了这么一个整体背景,我们也就懂得,孔子为什么要把中庸思想说成是最高道德了。

他很清楚,如果种种极端不受控制,人类的灾难必将无穷无尽;那么,靠什么来控制极端呢?一定不是另一种极端方式,而只能是中庸。

中庸思想要求，"执其两端，用其中于民"（《礼记·中庸》）。"执"，是指执行和掌控，那也就是说，把两端掌控住了，只取用两端之间的"中"，才可能有利于万民。这个"中"，就是处于中间部位的一个合适支点。这个支点不同于两端，却又照顾着两端，牵制着两端，使两端不要"悬崖滑落"。因此，这个"中"，不仅避免了两端的祸害，而且也挽救了两端，所以成了最高道德。

孔子对这种思维的概括是四个字："允执厥中。"

这里边的"厥"字，在古文中是代词，与"其"字同义，因此这四个字也可以说成"允执其中"。允，是指公允、实在。连在一起，就是好好地执行中庸之道。

孔子坦承，这个说法不是他自己发明的，而只是在复述古代尧帝对舜帝的嘱咐。

那天，尧对舜说：

咨！尔舜！天之历数在尔躬，允执其中，四海困穷，天禄永终。

——《论语·尧曰》

翻译一下，大体是：

咳，你，舜啊！上天的命数已经落到你身上，好好地执行中庸之道吧。要是四海困穷，你的天命也就永远终结了。

那么,舜是怎么做的呢?他的做法,就是上文提到的"执其两端,用其中于民",完全没有辜负尧的嘱咐。

你看,尧、舜以及中华文明的其他创建者,都把天道命数、四海生机与中庸思想紧紧相连,可见其重要。

"允执厥中"这四个字,我们还能在《尚书》中看到:

> 人心惟危,道心惟微,惟精惟一,允执厥中。
> ——《尚书·大禹谟》

用通俗一点儿的话来说就是:人心崩溃,大道难见,唯一可行的,是好好地执行中庸之道。

这也就是说,产生"人心惟危,道心惟微"的困局,全是因为脱离中道,走了极端。

把中庸看成是至高无上的天理、天命、天道,这与"天人合一"的基本思维有关。中华文明的基础是农耕文明,紧紧地依赖着四季循环、日月阴晴,因此很清楚一切极端主义都不符合天道。夏日炎热到极端必起秋风,冬天寒冷到极端即来春天,构成一个否定极端主义的生态循环圈。《周易》用一贯神秘的语气宣布:

> 刚中而应,大亨以正,天之命也。
> ——《周易·象传》

一"中"一"正",实为天命,不该违背。

现代社会有一个重大误会,常常以为中庸是平庸,激烈是高尚。进一步,又把中庸者看成是小人,把激烈者看成是君子。但是,伟大的古代哲人告诉我们,事情正好相反。

那些在两个悬崖之间为普遍民众找一条可行之路的,一定是君子;相反,那些在悬崖顶端手舞足蹈、大喊大叫、装扮勇猛的,一定是小人。所以又可回到我们这一论述的起点:"君子中庸,小人反中庸。"

这句话的另一种说法是:"小人极端,君子反极端。"

环视全人类,这种中庸思想,或者说这种从属于君子之道的中庸之道,为中华民族所独有。国外也有"取中间值"的方法论,但不像中华民族那样,把中庸奉为至高,不可或缺。

中国的古代哲人把中庸看成是存亡的关键,而事实证明,中华文明确实成了人类古文明中唯一没有中断或湮灭的幸存者。

据我本人对各大古文明遗址的实地考察、对比、研究,确认中庸之道是中华文明长寿的最重要原因。正是这种坚守中间态、寻常态、随和态的弹性存在,使中华文明避过了无数次断裂和崩塌。

相比之下,直到今天,世界上很多国家和民族,不管经济情况如何,都喜欢炫耀极端。要让他们了解中庸,执行中庸,实在非常困难。

七、君子有礼

君子的种种思想品德,需要形之于约定俗成的行为规范,这便是礼。

由礼构成仪式，便是礼仪。

精神需要赋形，人格需要可感，君子需要姿态。这不仅仅是一个"从里到外"的过程，而且也能产生"从外到里"的反馈。那就是说，当外形一旦建立，长期身体力行，又可以反过来加固精神，提升人格。

君子的品德需要传播，但在古代，传播渠道稀少、文本教育缺乏，最有效传播途径，就是君子本身的行为方式。

正因为这样，历代君子没有不讲究礼仪的。中国也由此而被称为"礼仪之邦"。

普普通通的人，有礼上身，就显出高贵。而这种高贵是有对象的，既尊敬人，又传染人。这个意思，就是《左传》上的一段话：

> 君子贵其身而后能及人，是以有礼。
>
> ——《左传·昭公二十五年》

正是这段话的首尾四字，组成了这小节的标题。

也有说得更强烈的。在某些哲人看来，有没有礼，不仅是君子和小人的区别，而且是人和禽兽的区别。例如：

> 凡人之所以贵于禽兽者，亦有礼也。
>
> ——《晏子春秋·内篇第一》

说得有点儿过分，但我明白其中意气。看了生活中太多无礼的恶相，不得不气愤地骂一句：一个人如果无礼，简直就是禽兽。

如果换一种语气说，也就更容易让人接受。还是《左传》里的话，虽也斩钉截铁，倒是听得入耳：

礼，人之干也。无礼，无以立。

——《左传·昭公七年》

把礼比喻成一个人站立起来的躯干，这种说法很有文学性，我喜欢。扩而大之，《左传》还进一步认为，当礼变成一种集体仪式，也有可能成为一个邦国的躯干：

礼，国之干也。

——《左传·僖公十一年》

这让我们联想到现在各国的国庆礼仪和大型国际性盛典的开幕仪式。即使没有重大典仪，国民之礼，也是国之躯干。

当然，这是讲大了。君子之道中的礼，主要是指个人在日常生活中的行为规范。

这种行为规范主要是出自于两种态度。

一是"敬"，二是"让"。

先说"敬"。

孟子说:"有礼者敬人"(《孟子·离娄下》);墨子说:"礼,敬也"(《墨子·经上》)。这就表明,一个有礼的君子,需要表达对他人的尊敬。敬,是高看他人一眼,而不是西方式的平视。

中国几千年都受控于家族伦理和官场伦理,到今天仍然如此,所以习惯于把恭敬的态度交付给长辈、亲友、上级、官员。但是,这里所说的君子之敬,并不是家族伦理和官场伦理的附属品,它具有一定的独立性。

一个君子,如果对偶然相遇的陌生人也表示出尊敬,那么,这种尊敬也就独具价值。因此,我常常在彼此陌生的公共空间发现真君子。一旦发现,就会驻足良久,凝神注视:正是他们对陌生人的尊敬,换来了我对他们的尊敬。

在这里,互敬成为一种互馈关系,双向流动。公共空间的无限魅力,也由此而生。

这种互馈关系,孟子说得最明白:

> 敬人者,人恒敬之。
>
> ——《孟子·离娄下》

再说"让"。

简单说来,那就是后退一步,让人先走;那就是让出佳位,留给旁人;那就是一旦互堵,立即退让;那就是分利不匀,率先放弃……这一切,都不是故意表演，做给人看，而是在内心就想处处谦让，由心赋形。

还是孟子说的：

> 辞让之心，礼之端也。
>
> ——《孟子·公孙丑上》

所谓"礼之端"，就是礼的起点。为什么辞让能成为起点？因为世界太拥挤，欲望太密集，纷争太容易。唯有后退一步，才会给他人留出空间。敬，也从后退一步开始。

辞让，既是起点，也是终点。人们随口都能说出的君子风度"温良恭俭让"，辞让就成了归结。可见，一个让字，足以提挈两端。

辞让，是对自己的节制。一人的节制也能做出榜样，防止他人的种种不节制。这是《礼记》说过的意思：

> 礼者，因人之情而为之节文，以为民坊者也。
>
> ——《礼记·坊记》

这个"坊"字，古时候与"防"相通。这个句子用白话来说是这样的：

> 什么是礼？对人的性情加以节制，从而对民间做出防范性的示范。

也就是说，节制性情，防止失态，做出样子，彼此相和。在孔子看来，为什么要礼？为什么要敬？为什么要让？都是为了一个目的：和。君子之责，无非是求人和、世和、心和。他用简洁的六个字来概括：

礼之用，和为贵。

——《论语·学而》

那也就形成了一个逻辑程序：行为上的"敬"、"让"，构成个人之"礼"，然后达成人间之"和"。

揭示了结论，我还要做一个重要补充：君子有了礼，才会有风度，才会有魅力，才会美。正是谦恭辞让之礼，正是"温良恭俭让"的风范，使君子神采无限。这是中华民族理想人格的最佳标识，也是东方人文美学的最佳归结。

现代很多人在这一点上误会了，以为人格魅力在于寸步不让，在于锐目紧逼，在于气势凌人。其实，正好相反。

为此，我很赞赏荀子把"礼"和"美"连在一起的做法。他在《礼论》里为"礼"下了一个定义，说是"达爱敬之文而滋成行义之美者也"。这个定义告诉我们，在设计礼的时候，不管是个人之礼还是集体礼仪，都必须文，必须美。

这个提醒非常重要。后来在君主专权的体制中，把尊敬和辞让的礼仪推向了极度自贬、自辱的地步，例如动不动就自称"奴才"、"贱妾"，而动作又更加过分，这就非常不美了。直到今天，我们也经常可以看到大量"不美的礼仪"。诸如在上司前过度畏葸，在同事前过度奉迎，争着付款时形同打架，等等。

应该明白，丑陋本身就是"非礼"。不管是真是假，如果礼仪要以拉拉扯扯、推推搡搡、大呼小叫、卑躬屈膝、装腔作势的方式表现出来，那就完全走到了反面。

君子之礼，与美同在。

八、君子不器

这四个字，出自孔子之口，见之于《论语·为政》。

意思很简洁：君子不是器具。

当然不是。但为什么还要特别拿出来强调呢？因为世间之人，常常成为器具。一旦成为器具，孔子就要把他们开除出君子队伍。

这个命题有点儿艰深，但在刚刚说过礼仪之后，可以借着那个话题找到一个比较通俗的入口。礼仪虽然非常重要，但是如果人们成了礼仪的器具，只知像器具一样做出刻板的体态和手势，只知重复着完全一样的话语和笑容，那么，这就成了"器具之礼"，而不是君子之礼。因为，君子不器。

礼仪只是一例，由人变器的事情，到处可以看到。

我们应该见过不少这样的教师，年年月月用完全一样的语句和口气复述着同一本陈旧的教科书。虽然毅力可以称道，但未免太"器"了，因为他们让多彩的生命变成了复制之器。

我们应该见过更多刻板的官员，他们在会议上重复着上司的文书，在办公时扮演着自己的官职，连下班回到家里还不把架子放下来。那也"器"了，把活生生的血肉之躯，僵化成了官僚体系中的一个构件。

德国哲学家黑格尔（Georg Wilhelm Friedrich Hegel，一七七〇—一八三一）认为人世间最重要的是"这一个"，亦即独立生命的自我把持，因为人的生命不可重复。法国哲学家柏格森（Henri Bergson，一八五九—一九四一）认为生命的真实在于冲动和绵延，而机器化的行为只是喜剧嘲笑的对象。他们的种种理论，都与两千五百年前的中国哲学"君子不器"遥相呼应。

黑格尔和柏格森是在目睹欧洲工业化、机器化所产生的弊病后做出论述的，而中国古代提出"君子不器"却没有这种背景，因此更为难能可贵，更像圣哲天语。

中国古代文字的优点是凝练，缺点是多义。例如这个"器"字，概括了多少现象，却也可能歧义丛生。器具、器物、器皿，等等，表明了它的物化方向，但如果是器识、器宇、器质呢？显然又从物化转向了生命。老子所说的"大器晚成"，比喻大材须精雕，伟人须等待。也就是说，老子所说的"器"是一个可以慢慢增长和优化的活体。既然是活体，就与孔子所防范的非活体的"器"，有方向上的差异。孔子所不喜欢的"器"，永远成不了老子所说的"器"。因此，他们两位其实都在倡导活体。

"君子不器"，在当代思维中又可引申为"抵抗人的异化"、"防止全面工具化"等等。人，总是要找回自己。即便什么时候机器人大幅度地替代了真人的工作，人对人性的坚守还会持续。

机器人再精巧，也不能成为君子。这是中国文化在人格意义的最终节操，可能会坚守到最后。

这把事情说远了。如果放到日常生活中，"君子不器"的教言主要会给我们两方面的帮助：

第一，尽量不要成为器物的奴隶。管子所说的"君子使物，不为物使"（《管子·内业》），说明了君子对于器物的主动性。环视四周，现在有很多人过度追求器物之盛，其实早已远远超过生命的实际需要，这就使自己成了器物的奴隶。他们成天收藏、拼比着奢侈器物，琳琅满目，乍看是生命的扩充，其实是生命的奴化。而且，奴化了的生命还要伺候那么多冷若冰霜的"主人"。须知，哪怕是积器如山，堆物成城，也比不过你简囊远行的身影。

第二，尽量不要使自己变成器物。这比成为器物的奴隶更为严重，其实也更为普遍。这种异化过程，在开始的时候还很难自觉。当你在某一职业、头衔、角色上黏住了，僵化了，风化了，那就要当心。因为异化过程已经开始，与君子的活体渐行渐远。班固在《汉书》中说"君子直而不挺"（《汉书·盖宽饶传》）。我几次读到，都会为那个"挺"字哑然失笑。君子需要正直，当然不错，但再往前走一步，"挺"了，那就带有了刻意表演的成分。一直"挺"下去，就渐渐从有机体变成了无机体，最后变成了一种造型和雕塑。造型和雕塑是"器"，不是人。

由此我产生一个有趣的联想。当今中国文化传媒界一直有一批数量不小的"伪斗士",老是在整人毁人、造谣诽谤、诬陷无辜。我知道他们中有不少人早就想收手不干,而且越来越产生了法律上的担忧,但他们还是"挺"在那里。为什么?为的是想成为新时代的"匕首、投枪、迫击炮"。他们不明白的是,那些都是"器",而且大多是"凶器"。

无论是不做器物的奴隶,还是不做器物本身,有一个最简单的防身术,那就是坚持做一个平常人,一个有体温、有弹性、不极端、不作态的平常人。这又与前面所说的"君子中庸"联系一起了,可谓:君子因中庸而不器。

九、君子知耻

有人说,君子之道也是"知耻之道"。因为,君子是最有耻感的人,而小人则没有耻感。

为此,也有人把中国的"耻感文化"与西方的"罪感文化"做对比,觉得"耻感文化"更倚重于个人的内心自觉,更有人格意义。

不错,孔子在《论语·子路》里说过,君子,包括"士",必须"行己有耻"。也就是时时要以羞耻感对自己的行为进行"道义底线"上的反省和警惕。但我们在分寸上应该懂得,孔子在这里所说的"耻",与我们现在所说"可耻"、"无耻"相比,范围要宽泛得多。"可耻"、"无耻",是极恶而无感。而在孔子那里却比较平常,例如,看到自己没有做好的地方,也叫"有耻"。

耻的问题,孟子讲得最深入。首先要介绍一句他的近似于"绕口令"的话:

> 人不可以无耻。无耻之耻，无耻矣。
>
> ——《孟子·尽心上》

前半句很明确，也容易记，但后半句在讲什么？

有两种解释，第一种是：

> 没有耻感的耻，就叫无耻。

第二种解释是：

> 为无耻感到羞耻，那就不再耻了。

我倾向于第一种解释。

孟子用一个缠转的短句表明，耻不耻的问题是人们心间的一个旋涡，幽暗而又易变，必须由自己清晰把握，拔出旋涡。

接着我们来读读孟子的另一番"耻论"：

> 耻之于人大矣。为机变之巧者，无所用耻焉。不耻不若人，何若人有。
>
> ——《孟子·尽心上》

我的意译是：

> 羞耻，对人来说是大事。玩弄机谋的人不会羞耻，因为用不上。他们比不上别人，却不羞耻，那又怎么会赶上别人。

这就在羞耻的问题上引出了小人，而且说到了小人没有羞耻感的原因。

由此，也就从反面触及了正面，让人可以推断出君子的耻感文化。至少有三条：

一、以羞耻感陪伴人生，把它当作大事；

二、以羞耻感防范暗事，例如玩弄机谋；

三、以羞耻感作为动力，由此赶上别人。

孟子的论述，从最终底线上对君子之道进行了"反向包抄"。立足人性敏感处，由负而正，守护住了儒家道义的心理边界。

你看，他又说了："羞恶之心，义之端也。"(《孟子·公孙丑上》) 这就把羞耻当作了道义的起点。把起点设在对立面，在理论上，既奇峭，又高明。

如此说来，耻，成了一个镜面。由于它的往返观照，君子之道就会更自知、更自守。敢于接受这个镜面，是一种勇敢。

> 知耻近乎勇。
>
> ——《礼记·中庸》

知耻，是放弃掩盖，放弃麻木，虽还未改，已靠近勇敢。如果由此再进一步，那就是勇敢的完成状态。

"知耻近乎勇"这个说法在中国流传千年，人们每次读到都会怦然心动，由此证明"知耻"这个最低要求很不容易做到。不少人宁肯"认败"，却不愿"知耻"。我原来以为他们心底已经知耻，却在面子上不愿承认。后来发现，即使在心底知耻，也非常艰难，因为这会摇撼自身的荣辱系统。我在自己几十年备受诽谤的经历中懂得，那些诽谤者早就知道诽谤的内容正恰与事实相反，但他们并不因此而知耻，反而不断在做"扔耻"的游戏，可见他们不会把耻贴附自身，而只会把耻当作武器。不贴附自身，也就是为了自私而无耻。要从这种无耻中走出，当然需要付出不小的勇气。

以上所说的羞耻感，都涉道义大事，符合"耻之于人大矣"的原则。但是，在实际生活中，人们常常不分大小高低，在不该羞耻处感到羞耻，在应该羞耻处却漠然无羞。

因此，并不是一切羞耻感都属于君子。君子恰恰应该帮人们分清，什么该羞耻，什么不该羞耻。

既然小人没有羞耻感，那么多数错乱地投放羞耻感的人，便是介乎君子、小人之间的可塑人群。他们经常为贫困而羞耻，为陋室而羞耻，为低位而羞耻，为失学而羞耻，为缺少某种知识而羞耻，为不得不请教他人而羞耻，为遭受诽谤而羞耻，为强加的污名而羞耻……太多太多的羞耻，使世间多少人以手遮掩，以泪洗面，不知所措。其实，这一切都不值得羞耻。

在这方面，孔子循循善诱，发布了很多令人温暖的教言。即便在最具体的知识问题上，他也说了人人都知道的四个字：

不耻下问。

——《论语·公冶长》

意思很明白：即使向地位比自己低的人请教，也不以为耻。

这么一来，在耻感的课题上，"不耻"，也成了君子的一个行为原则。因此，真正的君子极为谨慎，又极为自由。谨慎在"有耻"上，自由在"不耻"上。

"耻"和"不耻"这两个相反的概念，组成了儒家的"耻学"。

对此，具有总结性意义的，是荀子。我想比较完整地引用他的一段话，作为这个问题的归结。他说：

君子耻不修，不耻见污；耻不信，不耻不见信；耻不能，不耻不见用。

是以不诱于誉，不恐于诽，率道而行，端然正己，不为物倾倒，夫是之谓诚君子。

——《荀子·非十二子》

这段以"耻"和"不耻"为起点的论述，历久弥新。我自己在人生历程中也深有所感，经常默诵于心。因此，我要用今天的语言译释一遍：

君子之耻，耻在自己不修，不耻别人诬陷；耻在自己失信，不耻别人不信；耻在自己无能，不耻别人不用。

因此，不为荣誉所诱，不为诽谤所吓，遵循大道而行，庄严端正自己，不因外物倾侧，这才称得上真正的君子。

"耻"和"不耻"，是君子人格的封底阀门。如果这个阀门开漏，君子人格将荡然无存；如果这个阀门依然存在，哪怕锈迹斑斑，君子人格还会生生不息。

尾　语

好，既然已经摸过了封底阀门，那么，我们对君子之道的轮廓性描述，也可以暂告结束了。

当然，如果以高层学术研究的完整性来要求，这个课题还留下了很多重要的项目。例如，诸子百家对君子之道的不同意见，君子之道在以后两千多年演变的过程，君子之道的负面变形和消极后果，君子之道与中国历史上的圣人、大丈夫、觉者、真人、禅者等人格模型的异同，以及君子之道的国际认知和未来处境，等等。我所开列的这些研究项目，学术价值都不低，可以写出一部部专著，相信会有很多学者各显其能，各尽其责。

我自己的兴趣焦点，只在以文化人类学的立场探索中华民族的集体人格，并从历史的选择、大地的沉淀中，权衡是非轻重。我还故意把自己的读者，划定在文化学术圈外的普通民众。这种划定，当然也与文化人类学有关。因为我坚信，与普世社会的真实互动，哪怕是浅语轻言，也超过那些小圈子里的唇焦舌燥。

探索中华民族的集体人格，这件事我很早就开始做了。比较拿得出手的成果，就是十余年前我对"小人"的系统研究。那篇归结性的文章《历史的暗角》，不仅在中国大陆，而且在全球华文圈都产生了出乎意料的重大反响，可见只要是中国人，都会对自己心中的集体人格极为敏感。

我研究小人，不是目的，目的在君子。那么多年过去，直到今天，终于可以搁笔搓手，告诉读者，我把事情的另一半也做了。

做一件事花了那么多年，并不奇怪。探索中华民族集体人格，不仅要大量阅读古今书籍，而且要深入观察身边人群，还要到世界各国进行横向对比。正面、反面都这样做，自然要耗费漫长的时间。不管做得好不好，对我自己来说，也算已经完成。一个人生命有限，对自己的要求不能太多太高。

那篇写小人的文章，标题已改为《大地小人》，也收在本书中了，可以让读者看到君子的对立面。

感谢大家随着我的目光，在君子、小人的背后追踪了那么久。追踪之后一定不会有太多的抱怨，因为终于发现，我们是在追踪自己，追踪中国。

君子之道六十名言

说明

　　以上为"君子之道"本论，系统论述了九个方面的名言二十四条。其实，中国历史上有关这个问题的著名言论要多得多。其中有不少话语，虽然未能进入我的"本论"，却也曾在历史上熠熠闪光。因此，从整体上说，它们也是构建君子之道的重要组成部分，不可轻视。在构建"本论"之前，我曾经花费很多时间和精力把历代论述君子的名言搜集得很完备。现在"本论"虽成，却发现大量多余的材料非常精彩，因此决定把它们供奉成另外一番风景。于是，依据深刻性、独特性和影响力的原则反复筛选，一遍遍忍痛割舍，最后剩下三十六条，实在不能再删了。每一条，我都作了简要讲解。

　　这三十六条加上"本论"的二十四条，一共是六十条。我把这六十条名言集中地显示在下面。由于"本论"的二十四条已在上文逐一进行过阐释，这儿只是重新提一下句子，以便通观。

（秋雨）

本论二十四名言

1. 君子怀德,小人怀土;君子怀刑,小人怀惠。

2. 君子先慎乎德。

3. 君子以厚德载物。

4. 君子以德,小人以力。

5. 君子所以异于禽兽者,以有仁义之性也。

6. 君子于仁也柔,于义也刚。

7. 君子之怀,蹈仁义而弘大德;小人之性,好谗佞以为身谋。

8. 君子之德风,小人之德草,草上之风,必偃。

9. 君子成人之美,不成人之恶。小人反是。

10. 君子莫大乎与人为善。

11. 君子扬人之善,小人讦人之恶。

12. 君子周而不比,小人比而不周。

13. 君子矜而不争,群而不党。

14. 君子和而不同，小人同而不和。

15. 君子坦荡荡，小人长戚戚。

16. 君子泰而不骄，小人骄而不泰。

17. 君子无入而不自得焉。

18. 君子……内省不疚，夫何忧何惧？

19. 君子忧道不忧贫。

20. 君子有终身之忧，无一日之患。

21. 君子中庸，小人反中庸。

22. 君子贵其身而后能及人，是以有礼。

23. 君子不器。

24. 君子耻不修，不耻见污；耻不信，不耻不见信；耻不能，不耻不见用。

延论三十六名言

1. 君子三戒

孔子在《论语》中说："君子有三戒：少之时，血气未定，戒之在色；及其壮也，血气方刚，戒之在斗；及其老也，血气既衰，戒之在得。"（《季氏》）

这三戒，在中国古代很著名。由于以年龄划分，因此与人人相关。

少年时，血气未定，不可纵欲；壮年时，血气方刚，不可好斗；老年时，血气既衰，不可贪得。——这三戒，是针对社会通病提出来的，非常契合常见的人生误区。

重要的是，人们常以年龄来原谅纵欲、好斗、贪得，孔子认为，在任何情况下，年龄都不应该成为理由。只要是通行的毛病，都不可原谅，而必须戒除。否则，就不能成为君子。

2. 君子三畏

孔子在《论语》中说:"君子有三畏:畏天命,畏大人,畏圣人之言。小人不知天命而不畏也,狎大人,侮圣人之言。"(《季氏》)

这里的"畏",是敬畏。君子坦荡荡,却要保持三项敬畏:敬畏天定之命,敬畏高贵之人,敬畏圣人之言。小人正好相反,不知天命,轻视高贵,侮弄圣言。

这三畏很完备。既包括了命运,又包括了地位,还包括了思想。一个人应该明白,不管自己怎么出色,都不能无视上下左右,都不应无所畏惧而过于张扬。因为茫茫天地间有很多高于自己的力量制约着生命,他只能把自己看成是一个制约坐标中的一种存在,因此连制约也成了生存的依赖,而不是桎梏。只不过,在这三畏中,"畏大人"一项常常被塞进很多政治误导,因为"大人"会被直接理解为权贵、官员、君主,而且必须无条件地畏怯。这是儒学的软肋之一,不可盲从。我没有将这三畏列为君子之道的当代选项而进入"本论",也与此有关。

3. 君子九思

孔子在《论语》中说:"君子有九思:视思明,听思聪,色思温,貌思恭,言思忠,事思敬,疑思问,忿思难,见得思义。"(《季氏》)

这需要逐一解释一下。

"视思明"——视物，应该想想是否明晰；

"听思聪"——听声，应该想想是否清楚；

"色思温"——神色，应该想想是否温和；

"貌思恭"——气貌，应该想想是否谦恭；

"言思忠"——言语，应该想想是否忠信；

"事思敬"——办事，应该想想是否认真；

"疑思问"——遇惑，应该想想是否勤问；

"忿思难"——起忿，应该想想是否惹祸；

"见得思义"——获得，应该想想是否合义。

在孔子看来，君子不管遇到什么，表现什么，都必须先思考、分辨一下。明、聪、温、恭、忠、敬、问、难、义，都是思考和分辨的标准。"九思"，就是九项标准。

这里出现了儒家对于君子人格的"全覆盖表述"，在"全"中体现了一种疏而不漏的整体性。而且，这"九思"都比较实在，一个君子可以照此制定日常的行为方式。但是，这种罗列方式是并列的，很难呈现其间的从属逻辑，又由于中国古典语文的过度简约，减损了理论力度。这也是我没有把"九思"放入君子之道"本论"的原因。

4. 君子四行

孔子在评论春秋时期郑国大夫子产时，告诉学生，君子之道由四种

行为组成："有君子之道四焉：其行己也恭，其事上也敬，其养民也惠，其使民也义。"（《公冶长》）

意思是，作为君子，对自己要求言行谦恭，对君主必须尊敬负责，对民众应该施以恩惠，即使要差使民众，也要适宜有度。显然，这是对政治人物的要求，也可以看成是"四行官箴"。

5. 君子耻其言而过其行

这是孔子在《论语·宪问》里留下的话。意思是：君子感到羞耻的，是说的比做的多。

这个意思很好。"其言过其行"，有几种情况，一是只说不做；二是言多行少；三是话语膨胀。对这一切，孔子不是一般地反对，而是用一个"耻"字来概括，带有感情色彩。这就为后来几千年经常大话滔滔的族群，做了"一字审判"。一切说大话的人刚刚开口就想到这个字，可能就会有所收敛。

这个问题，在后面讲到"君子有三忧"和"君子寡言"时还会进一步分析。

6. 君子道者三

这是孔子与学生子贡的对话。孔子谦虚地说："君子道者三，我无能焉：仁者不忧，知者不惑，勇者不惧。"

子贡说，这三句话，正是"夫子自道也"。（《宪问》）

这三项"君子道"，说得很明白，几千年后的今天也不必翻译，可以直接出现在我们的日常文字和语言中。在三项中，最值得深思的是"仁者不忧"。一般都认为仁德之人总是忧国忧民，为何孔子认为"不忧"呢？原来，他所说的，是没有私人之忧、族群之忧、团体之忧。真正的仁德，为天下众生，光明磊落，有难克难，见灾救灾，因此没有时间忧心忡忡。

7. 君子不忧不惧

这句话，可以顺着上一条"仁者不忧"延伸理解。宋国人司马牛平日常常会有担忧和恐惧，孔子就从这六个字"君子不忧不惧"启发他。司马牛一听，不太理解，君子怎么能不忧不惧呢？孔子回答："内省不疚，夫何忧何惧？"这个回答，曾在"本论"里收录过，却来不及对"不疚"进行解释。

"疚"，指的是因过错而造成的内心惭愧。如果这种过错造成了很大伤害却还处于隐藏状态，那就惭愧越深。"不疚"，是指找来找去，内心没有这种隐藏，结果，形成了胸怀坦荡、快乐无畏的内在根源。

不要在内心留下愧疚的角落，这就能成通体明亮、无所畏惧的大丈夫。

8. 君子何患无兄弟

这是孔子的学生子夏的话，记在《论语》里，能代表孔子的意思。

还是上一条提到的那位常常担忧和恐惧的司马牛，他有一个自己不想承认的哥哥，因此对子夏说："别人都有兄弟，我却没有。"于是引出了子夏一段重要的话："君子敬而无失，与人恭而有礼，四海之内皆兄弟也。君子何患乎无兄弟也。"

子夏的意思是：一个君子，如果做事认真而无大错，对人谦恭而有礼貌，那么，四海之内都是他的兄弟。是君子，又何必担忧没有兄弟？

我说过，这是突破世间种种界限，把普天下的民众都当作亲人和兄弟的"乐观主义人类学"，也是孔子和儒家特别让人感动的地方。这话虽然出自子夏之口，但统观孔子的其他话语，可以相信，正出自于孔子对学生们的反复教导。因此我在诸多论述里，都把它作为孔子和儒家的中心思想之一。

9. 君子无终食之间违仁

这是《论语·里仁》所载孔子的话。"终食之间"，就是一顿饭之间。在一顿饭之间，也绝不违背仁德。接下来，他又说，"造次必于是，颠沛必于是"。也就是，除了一顿饭之外，在一切仓促匆忙之间，颠沛流离之间，都同样不违背仁德。

可见，孔子对君子的要求很严，在仁德的问题上，实行时间和境遇的"疏而不漏"，不允许稍可违背的例外。

这种纯粹性，既让君子之道高贵，又让君子之道可行。不必读多少书，不必听多少课，只要在生活中的每时每刻都记得仁，而拒绝任何不仁，那就是君子了。

于是，君子不仅仅是一个空泛的形象，而一串实际的行为。只要时时提醒，时时坚守，那就是在时时迈进，时时逼近。

10. 君子有三忧

这是被人转述的孔子的话，全文是："君子有三忧：弗知，可无忧与？知而不学，可无忧与？学而不行，可无忧与？"引自汉代韩婴《韩诗外传》。

用现代的语言来说，大概是：君子有三项担忧：无知，难道不让人担忧？知道了却不学，难道不让人担忧？学了又不行动，难道不让人担忧？

这三层意思很明白，只有第二忧"知而不学"，需要略作解释。完全无知并不可怕，真正可怕的是略有所知，似乎有知，一知半解，却自以为是，不再学习了，那就会害人害己，因为这会玷污知，歪曲知，损害知的声誉，从而使更多的人滑向"弗知"。

至于第三忧"学而不行"，是君子的最容易犯的毛病，孔子一直在提醒，前面讲"其言过其行"时已有涉及。这个毛病后来确实成了儒家的一个沉重负担，直到明代的王阳明，通过对于"知行合一"的一系列深刻论述以及他本人的精彩实践，把这个老毛病狠狠治疗了一下。王阳明始终认为，君子应该以行动发言，而不是以舌头发言。这又不能不让人回想起《孔子家语》里的一句话："君子以行言，小人以舌言。"

总的说来，君子的三忧引出了四个阶梯：无知—知—学—行。只有走完这四个阶梯，而不在中间顿挫，无知者也有可能成为君子。

11. 文质彬彬，然后君子

这是孔子的名言："质胜文则野，文胜质则史。文质彬彬，然后君子。"（《论语·雍也》）

这里就出现了"质"和"文"这两个重要的哲学范畴和美学范畴。"质"，是指质朴；"文"，是指文采。翻译一下，大体是："质朴过胜，就会粗野；文采过胜，就会虚浮。两者协调，才是君子。"

"文质彬彬"这个成语就来自于此。但是在日常生活中，说一个人"文质彬彬"，大体是指他斯文的一面，而很少关顾他的"质"。"彬彬"是两相协调，但协调的结果也还是重于文而轻于质。可见，社会流行与原始文本，会有很大距离。另一个成语"彬彬有礼"，也是重文轻质。其实，"彬彬"的原义是各取其半。

与流行的"文质彬彬"重文轻质相反，在孔子时代，也有一些人觉得质朴就够了，要那些文采有什么用？这样的人，其实在后来各个时代都存在，直到今天仍是这样。对于这种倾向，《论语》里的《颜渊》篇又借着子贡的口有过论述，也可看作是孔子"文质彬彬"思想的延续。

有一位卫国大夫问子贡，作为君子，有"质"就行了，为什么还要有"文"？这里所说的"文"，包含着"外在形象"的宽泛意义，比一般所说的"文采"范围更大。

这是一个复杂的问题，比"文质各取其半"的简单拼合更为深刻，因为事实上，各取其半之后又必然会产生互相渗透和互相塑造，谁也离不开谁了。所以子贡回答："文犹质也，质犹文也。虎豹之鞟犹犬羊之鞟。"

先要把虎豹和犬羊的关系解释一下。子贡的意思是，如果把虎豹的毛和犬羊的毛都去掉，那么虎豹和犬羊就很难区分了。因此，虎豹的毛虽是"外在形象"，却决定了它们是虎豹；同样，犬羊的毛虽然也是"外在形象"，也决定了它们是犬羊。在这个意义上，外面和里面是同一件事，外像和本质是同一件事。正是这种思想，引申出"文犹质也，质犹文也"这八个字，对中国古代的美学思想，做出了划时代的贡献。

12. 君子教者五

这话来自于孟子，原文是："君子之所以教者五：有如时雨化之，有成德者，有达财者，有答问者，有私淑艾者。"

显然，这是在说君子教育民众的五种途径。第一，像及时雨一样开化滋润；第二，重在道德养成；第三，重在培植大才；第四，重在解答疑问；第五，以个人形象启示自学之民。

这五种途径，第一、第四、第五，讲的是不同方法，第二、第三，讲的是培养内容，今天看来，还很齐备。由此证明，儒家从孔、孟开始就规定：君子重教，以教醒民。

13. 君子深造之以道

还是孟子的话，收在《离娄》下。

原文是："君子深造之以道，欲其自得之也。自得之，则居之安；居之安，则资之深；资之深，则取之左右逢其原。故君子欲其自得之也。"

意思是：君子深造之途，需要达到精神自得。只有精神自得，才能使所学种种获得安顿。安顿了，就能贮积深厚。深厚了，才能左右逢源。因此君子需要精神自得。

孟子的很多说法，对后代思想家具有很高的启示性。这段话中的"自得"概念，曾对后来的禅宗产生不小影响。"自得"，并非他人之得，而必须凭借一己天性，获得自如。

14. 天行健，君子以自强不息

这句话，以最高频率出现在中国数千年来各种勉己、励人的场合，几乎人所共知。它把天体健旺不息的事实，作为君子自强不息的理由和依据，气魄宏伟，吞吐天地，让人一见就振奋不已。中国"天人合一"的思想，在这里出现了最佳组合，也为君子之道提供了辽阔的思维背景。

出自于《周易》"乾卦"的象辞。

15. 唯君子为能通天之志

也是出自于《周易》的象辞，"同八卦"。

象辞的上下文是："文明以健，中正以应，君子正也。惟君子为能通天下之志。"

这正好与上一条"天行健，君子以自强不息"紧密呼应。上一条讲了天体对君子的启示，这一条讲了君子对天体的沟通。一来一去，天人相融。

一上来就说"文明以健"，颇为重要。因为一说"健"，人们总以为是武功赫赫，但这儿所提倡的，是健在文明。而且，紧接着，又说这种"健"不炫极端，不涉邪道，而是只以中正的态度来对应四周。正是这么一种堂堂正正的君子，才能有"通天之志"，成为"天人合一"的表率。

对于这段象辞，我很喜欢唐代经学家孔颖达的阐释："行健不以武，而以文明用之，相应不以邪，而以中正应之，君子正也。"这就把君子之道的中正思想，做了两方面的伸发，那就是"不以武"、"不以邪"。不武不邪以求"正"，这才是真正的君子。因此，孔颖达重复了此卦的四字箴言："君子正也"。

用现代口语来说就是:"什么是君子?一个字:正。"

16. 内君子而外小人

这句出自《周易》的"泰卦"象辞。

原文是:"内君子而外小人,君子道长,小人道消。"

这话在中国历史上也非常出名,几乎成为格言。意思很明白:如果能亲近君子,疏远小人,那么,就会助长君子之道,消解小人之道。

这里所说的内、外,有亲、疏之义。但是,我们也可以从文字本身做出更透彻的解释:"把君子放在心内,把小人驱逐在外。"

至于"君子道长,小人道消",可有两种理解。第一种理解,就个人而言。一个人如果一直亲近君子而疏远小人,那么,他也就会变成一个更纯洁的君子。这就说明,君子、小人并不是一个先天的划分,而是可以凭行为而定性。唐代《贞观政要》有言:"君子小人本无常,行善事则为君子,行恶事则为小人。"这个观点,我在专论小人的文章中曾经提及。

第二种理解,是着眼于社会。魏徵引伸的《周易》象辞说:"君子扬人之善,小人讦人之恶。闻恶必信,则小人之道长矣;闻善或疑,则君子之道消矣。"作为一个政治家,特别关注"君子之道"和"小人之道"在社会上的消长,因此他把这个本属于个人修养的问题推及了社会风气。他认为,人世间为什么小人如此风行,而君子如此寂寞?重要原因之一,是人们喜欢听恶事,而不喜欢信善事,结果,变成了"信恶"、"疑善"。

正是这种习惯,张扬了小人之道,抵消了君子之道。因为君子总是站在善的一边,但他们面对的,总是怀疑的目光。

17. 君子以远小人,不恶而严

因为刚刚讲解了《周易》"泰卦"中的"内君子而外小人",立即想起了《周易》"遁卦"象辞中还有相关的这一句。

上半句"君子以远小人"已经讲过,不再重复,这里特别要说一说下半句的四个字,"不恶而严"。

在儒家看来,对于小人,疏远就行了,不必对他们施恶。即使小人行了恶,君子也不能以恶惩恶。不管以什么名义,有什么理由,行恶就是行恶,君子不为。恶,不会因施行者是君子而变成非恶。但是,虽不行恶,却也应表达对小人的拒绝和批判,因此态度必须严厉。

这句短短的话,包括着君子对小人的三重态度:疏远、不恶、严厉。君子之道,令人佩服。

18. 君子以居贤德,善俗

这个象辞,出现在"渐卦",因此隐含着"逐渐改善"的意思。那个"居"字,意为积累。那么全句就可以变成这样浅显的句子:君子应该逐渐积累贤德,逐渐改善风俗。

我对这个象辞中的"善俗"两字很感兴趣。这个"善"字，不是形容词，而是动词，意为"善化"。君子为什么要积累贤德，目的之一，是改善风俗。但改善风俗的事急不得，所以就放在"渐卦"中，"艮下巽上"，如山上树木，慢慢生长。

19. 君子以顺德，积小以高大

此语出自《周易》"升卦"象辞。"升卦"，专究上升之势。因此，这里所说的"顺德"，并不是指应顺道德，而是指应顺实物之性，应顺事业之性。章太炎在《国故论衡》里曾说，在古代语文上，"实、德、业三，各不相离"。因此，这里所说的"德"，用我们现代的说法，是自然规律，用传统的说法，是"天道天德"，只有顺着它，才能"积小以高大"。这句话的重点，一是"顺"，也就是不要逆着来，拗着来，赶着来，急着来，揠苗助长，而必须小心遵循；二是"德"，也就是生机物理，天道天德，君子要仔细体察，慢慢领悟，而不能无视它的存在。

20. 君子终日乾乾，夕惕若，厉无咎

又是一句名言，出自《周易》"乾卦"的爻辞。

君子遇到危难怎么办？"终日乾乾"，也就是始终保持着健朗；"夕惕若"，同时保持着警惕。如能这样，那么，什么危险都能应对，得以避

过灾祸。我喜欢"乾"与"惕"的对立统一，并在这种对立统一中达到"厉无咎"的完善结局。奋发而又谨慎，终能度过危难。

21. 君子得舆，民所载也。小人剥庐，终不可用也

这是《周易》"剥卦"的象辞对于君子、小人最终报偿的描述。这个"舆"，是指一辆好车，还是指舆论归向？都可以，反正是民众拥戴、承载的结果。"小人剥庐"，这个"庐"，当然是指房屋，也可以引申为落脚之地，都被剥除了。这个象辞给我们带来了一种引导性的道德乐观，尽管历史上不少君子、小人的命运并不一定获得"现世报应"，但是总体归向应该如此。反过来，我们作为"民"，应该给君子"美舆"，而这"美舆"也就是"美誉"；应该把小人剥夺，即使不是剥夺物质之庐，也应剥夺他们的精神之庐。

22. 君子寡言而行

语出《礼记》"缁衣"篇。言、行之间的关系问题前面已经提到，而这一句则涉及君子的一个形象定位，因此要单独说一说。

君子是一个很少说话的行动者，但请注意后面还有四个字，"以成其信"。也就是说，一个人的诚信，是凭着"寡言而行"而获得的。

君子若要改变周围的失信状态，应该特别表现出"寡言而行"的状态。即使说出来后也做得到，也尽量不要说，埋头做就可以了。人们总

喜欢把信用，交给那些寡言者。

23. 君子貌足畏也

这话是孔子说的，出现在《礼记》"表记"中。全句是："君子貌足畏也，色足惮也，言足信也。"

这里出现的君子形象，与我们一般的想象有很大的差别，那就是十分峻厉。翻译一下，大致是：是君子，外貌让人敬畏，神色让人紧张，但语言让人信赖。

一个"畏"字，一个"惮"字，从反面引出了一个"信"字，终于可以平衡了。我们通常以为，君子是不让人"畏"，不让人"惮"的，成天"温良恭俭让"。但是，如果没有"信"，那些"温良恭俭让"不也就变得虚假了吗？因此，为了最后这个至关重要的"信"，宁肯让人面对"畏"、"惮"。

君子世界不是一个"你好我好大家好"的喜乐天地，而应该是一个由道德信义所支撑的高贵场所。在那里，如果找不到基本信义，那反而真的要让人畏、让人惮了，而且这种畏惮是没有出路的。

因此，在这个问题上，孔子一直要求庄重、威然、严厉。《论语·学而》记下了他的名言："君子不重则不威。"《论语·子张》又记下了子夏的话："君子有三变：望之俨然，即之也温，听其言也厉。"远处一看，俨然；靠近前去，温和；听他讲话，峻厉。这就是孔子本身的形象。

24. 君子慎始，差若毫厘，缪以千里

这也是名言，说明君子处理大事，一定要在开始的时候十分谨慎，因为开始时的细微程序，决定最后的重大结果。由此可见，自古以来人们往往会觉得君子是谨慎人，并没有错。君子的谨慎，不是为了小得小失，而是为了大得大失。不管何时何地，不考虑最终结果的人，就不是真正的君子。

这段话，出自《礼记》"礼察"所引《易纬》。

25. 君子养心莫善于诚

这话是比孔子晚二百多年的荀子说的。把养心的目标定在一个"诚"字上，十分醒豁。更醒豁的是，他还讲了下半句："致诚则无它事矣。"除了"诚"之外，还有别的事情吗？没有了。

诚，包括着对大道、对自己、对别人的基本态度，我们现在可分解为虔诚、诚恳、诚信等等，其实是一脉相承，也就是使内心变得干净。荀子本身的为人治学，也可以用一个"诚"字概括，所以他能那么成功的掌管挤满各地英才的稷下学宫。

26. 君子贤而能容

还是荀子的话，我没有把这第一句引完。贤而能容，容什么呢？能

容"罢"。这个"罢"字,在这里读作"疲",意思也是疲弱无能。全句是说,君子再贤达,也能包容疲弱无能的人。

接下去的话都是在说包容:"知而能容愚,博而能容浅,粹而能容杂。"意思是:不管你多么智慧,也要包容愚钝;不管你多么渊博,也要包容浅薄;不管你多么纯粹,也要包容掺杂。这便是儒家中庸思想的宽广襟怀。我在"本论"里已经说过,君子之道中包含着中庸之道,因此,荀子笔下的君子就是这样的典范。如果反过来,因别人比较愚钝,比较浅薄,比较掺杂,就立即排斥,并通过排斥来显示自己的智慧、渊博和纯粹,那就不是君子。

27. 君子行不贵苟难

仍然是荀子说的,全句是:"君子行不贵苟难,说不贵苟察,名不贵苟传,唯其当之为贵。"这读起来有点艰难吧?难就难在一个"苟"字。在这里,"苟"可以理解为勉强。我们平常所说的"苟活"、"苟同"、"苟安"、"苟全"、"苟合",都可以注入勉强、卑下、贪图的负面含义。另外一个"贵"字,可解释为依重、看重。那么,我们就可以翻译一下了:作为君子,在行为上不会依重那些勉强遇到的艰难,在言论上不会依重那些勉强出现的机智,在名声上不会依重那些勉强听来的传说。只有恰当,才值得依重。

荀子非常敏锐地发现,人们过于看重那些"苟难"、"苟察"、"苟传",

其实都是一些"苟且"的存在。所谓"苟且",就是不恰当、不合适、不舒服。君子不要这一切,只要求一个字:"当",就是恰当。

28. 君子不失足于人

全句是:"君子不失足于人,不失色于人,不失口于人"。出自《礼记》。这话很通俗,不必解释,只需说明,所谓"失足",是举止失度,与我们今天所说的"失足"相比,并不那么严重;所谓"失色",是神态失度;所谓"失口",是话语失度。都不严重,但作为君子,都要防范,因为这都涉及他人,不该让对方感到慌乱不适。

29. 君子溺于口

也是《礼记》里的话,打头的不是君子,而是小人。全句是这样的:"小人溺于水,君子溺于口,大人溺于民。"意思是:如果说,低层百姓会沉没于水灾,那么,君子会沉没于诽谤,君主会沉没于民众。

这让人想起汉代王充在《论衡》里说的一段话:"君子不畏虎,独畏谗夫之口"。司马迁也在《史记·张仪列传》中说过:"众口铄金,积毁销誉"。

对于这种现象,我们不能这样劝说君子:"既然成了君子,就要忍受众口"。如果一直这样劝说,君子就"溺"了。我们应该反过来,看到被众口淹没的人，便要设法营救，因为他极有可能是君子，正处于"溺亡"的边缘。须知，一个社会，"君子溺于口"，要比"小人溺于水"和"大人溺于民"都更严重。

30. 君子交绝，不出恶声

这话在中国民间社会一直都非常流行，作用很正面，甚至很动人。君子们出于种种复杂的原因，很可能会断绝交情，但直到此时，也不能互相辱骂。绝交就绝交吧，彼此还是君子。另一种情况是，君子与小人断交，或者与"疑似小人"断交，也不应该出"恶声"。因为君子不沾恶，而且任何"恶声"都会传播，都会撞击第三者和年幼者的感官，产生不良的负面积贮。

这个原则，甚至还会被一些自认为君子而全社会未必这么认为的人物遵循。例如中国历来的诸多落草好汉和近代军阀，都是如此。君子之道在一些边缘地带闪烁，颇有观赏价值。

31. 君子当有所好恶

这是韩愈的话，后半句是"好恶不可不明"，写在他给崔群的一封书信里。不错，君子应该像荀子讲的那样有包容之心，但是对于社会上的大是大非，必须有好恶的态度。而且越是君子，这种态度要越加鲜明。

只有这样,君子才会成为社会的精神架构,让民众仰望、思考和追随。

32. 君子与君子以同道为朋

这是前半句,后半句是:"小人与小人以同利为朋"。这是欧阳修在他的《朋党论》里边说的。说了这两句,欧阳修又强调了一下:"此自然之理也"。

这又牵涉到君子和小人的诸多界线了。君子以道结伴,小人以利结伴。道长存而利万变,因此,在朋友关系上,小人虽然热闹却很短暂,君子虽然淡泊却能持久。这个问题,孔子、庄子、《周易》、《礼记》都有深刻见解。我还在一篇《君子之交》的长文中做过深入分析。

33. 君子之修身也,内正其心,外正其容

也是欧阳修的话,写在《左氏辨》里。

我选这句,是看上后面四个字:"外正其容"。因为修身、正心的说法处处可见,但在"正其心"之后立即加上"正其容",并把它说成是君子修身的"必要项目",这就很有意思了。

君子不管长得怎么样,必须呈现出端庄的仪态容貌。这是内心的显现,也是君子之道传播的外在渠道。堂堂君子之容,与煌煌君子之道互相辉映,产生的社会效果当是加倍再加倍。中国社会长期以来文

盲的比例极高，而文盲是无法了解儒学经典的。因此，一群君子的举手投足，言谈身教，就成了最普及的课本。而且，这种课本有一种无言的魅力。

从欧阳修的这段话，可以让人们回忆起孔子关于"文质彬彬"的论述。我在前面进行讲解的时候，曾把"文质彬彬"的"文"，从"文采"扩大解释为"外在形象"，这就可以包括欧阳修所说的"容"了。他直接地提出了正容，就把这个问题引向了具体化，而且也更容易操作了。君子应该明白，你们所要弘扬的道，至少有一部分，体现在你们的表情、步态、服饰上。

34. 君子以其身之正，知人之不正

全句是："君子以其身之正，知人之不正；以人之不正，知其身之有所未正也。"

这是苏东坡说的话。他很赞成前面引述过的唐代经学家孔颖达的观点，认为君子之为人，最大的特点就是"正"。"正"，就是把君子之道全都妥妥帖帖地安顿在自己身上，安顿得平衡而又整饬。于是，苏东坡看社会，不再用其他教条，只用自己作为坐标，也就是"以其身之正"来度量四周，很快就感知了别人的"不正"。这种度量，不必细分各个项目来一个个检验，而是一种整体性的直觉比照，很难被肢解所欺瞒。

但苏东坡毕竟是苏东坡，他有一种"回视"的好奇，看到别人不正，

能够比出自己的"未正"。因此，别人的不正足以重启改造之力，把自己和别人身上的通病改掉。这样的君子，非常坦诚，在一来一回中焕发出了新的生命。

35. 君子不恶人，亦不恶于人

这话很深刻，出于苏东坡的《文与可字说》。关键字，是那个"恶"。与前面提到过的"恶"字不同，这个"恶"，可解释为厌恶。

君子不厌恶别人，也不被别人厌恶。这个意思确实很好。不厌恶别人，这是与人为善的思想，可以理解；但是，又怎么能够"不被别人厌恶"呢？

原来，别人否定君子，有多种态度，有的轻视，有的憎恨，有的嫉妒，却一般不会厌恶。因为厌恶的对象必须有令人厌恶的内心和外表。就像我们在生活中，可以看到不少敌人、罪犯、仇人，却未必不敢直视，但万一见到了一种心里卑鄙、歪嘴狞笑、贼眼鼠目之人，就不得不因厌恶而逃避了。苏东坡的意思是，是君子，可以被人家憎恨和嫉妒，却不可以被人家厌恶。这是因为，憎恨和嫉妒很可能是观念、地位、得失所然，而厌恶则直接起因于感性形态、直觉形象，非常要命。由感性形态、直觉形象而遭致人家厌恶，是因为整个生命已失落基本格调而变成了一堆垃圾，而君子则无论如何也不会如此。

因此，这是从反向目光上来验证君子对于生命格调的"底线固守"。

36. 君子可以寓意于物

这话的后半句是"而不可留意于物"。这也是苏东坡说的，可读他的《宝绘堂记》。

"寓意于物"和"留意于物"，区别在哪里？"寓意于物"只是把自己的意念寄托于物，而"留意于物"，就把自己的意念留驻在那里了。前者是"暂租"，后者是"长驻"。前者的自己是主动的，后者的自己是被动的。前者的自己是物的主人，后者的自己是物的奴仆。前者比较健康，后者很可能已经患病。在这一组前后对比中，能称得上君子的，是前者。

联想到目前文物收藏领域的种种有趣人事，我忍不住要把苏东坡的这段话完整地抄下来。他说："君子可以寓意于物，而不可以留意于物。寓意于物，虽微物足以为乐，虽尤物不足以为病；留意于物，虽微物足以为病，虽尤物不足以为乐。"这里所说的"尤物"，是指珍奇之物，特殊之物。

面对不同的物件，是寄寓洒脱的快乐，还是惹出沉溺的疾病？这是所有的君子都需要考虑的，因为我们身处物的世界。

我认为，在这个问题上，说得比苏东坡更深刻的，是邈远的庄子。庄子提出过"物物者非物"的哲学命题，认为创造物的人，自己不要沦落为物。沿用他的说法，君子应该是"物物者"，而"非物"。这里的学问就比较深奥了，有兴趣的朋友，可参阅我的《修行三阶》一书中论述庄子哲学的部分。

君子之交

儒家文化，特别讲究人际关系。我说过，在两千多年前，当巴比伦文化在关注天文学和数学的时候，当印度文化在探究人与梵天之间的关系的时候，当希腊文化在询问人与自然之间的关系的时候，中国智者的最大兴趣点，一直是人与人的关系，以及如何管理这种关系。这是儒家文化的主干。

数千年来，中国人因友谊而快乐，因友谊而安适，又因友谊而痛苦，因友谊而悔恨。天下种种小人伎俩，几乎都会利用友谊；世间大量犯罪记录，都从错交朋友开始。因此，友谊，实在是君子人生的一大难题。

我们不妨先从友谊的等级说起。

一、至谊

那年我十岁。

从家乡小学毕业后到上海读中学，最不开心的事情是，原来的小朋友找不到了，新的小朋友还玩不起来。人生第一次，产生了较长时间的忧郁。

这一天，百无聊赖地到一个"小人书摊"看连环画。

"小人书摊"是当时上海特有的文化景观。在居民社区的街道边，一个老大爷展开了一排书架，上面密密麻麻地排列着连环画故事书。这些故事，包罗古今中外，有不少是根据文学名著改编的。连环画的作者，很多是知名画家，画得相当精美。"连环画"三个字，用上海话一读含糊不清，因此大家都叫"小人书"。租看这些小人书很便宜，一分钱一本，却只能现场看，不能带走，因此书架前放了很多小凳子。

这是我到上海后去得最多的地方，许多影响毕生的中外故事，也最先从那里得知大概。像我这样的孩子实在不少，那些小凳子每天很少有空位。

这天，直到书摊老大爷用手指轻轻敲了敲我的肩，我才从一本小人书中醒过神来。时已黄昏，要收摊了。一看四周，除了我，已经没有别的孩子。

我连忙把手上的那本小人书还给老大爷。这本书的题目是：《俞伯牙和钟子期》。

这是一个历代中国人都熟悉的故事，熟悉得我都不好意思再复述一遍。但是，我还是忍不住要对初读时印象最深的碎片，勾勒几笔。

一位地位很高的人，独自在江边弹琴，却被一个打柴的樵夫完全听懂，他们就成了朋友。一年后弹琴者再到那个地方寻找樵夫，却听说樵夫已死。他悲痛地寻到山间坟墓，把那张琴摔碎在墓碑上。

我的童年，对江边樵夫、山间墓碑之类很熟悉。但是这个故事，却

君子之交 | 087

让我一下子挣脱了童年。一连串疑问立即产生，而且从此挥之不去：

在这个世界上，真正听得懂自己的，只有一个人吗？那么多朋友中，这个人是谁？

找到了这个人，却又失去了这个人，如果我也有这种遭遇，是否同样会墓碑摔琴，把自己的心声一起埋葬？

……

正是这些问题，陪着我一步步长大。

长大后，问题更深入了。

我终于知道，这个故事出自《列子·汤问》。弹琴者俞伯牙心在高山，听琴者钟子期立即听出来了；过一会儿俞伯牙转向流水，钟子期也听出来了。因此，"高山流水"成了千古至谊的代称。

有了这个代称，中国人心中的千古至谊，也就与山水呼应，由山水做证，如山水永恒了。

《列子》按理应产生在战国时代，所写的俞伯牙、钟子期的故事应产生在春秋时代，那都是两千多年前的事情了。也有学者认为《列子·汤问》出于魏晋人之手，那也有一千多年了。故事的真实程度已经很难考证，但是，一两千年间，无数中国人都以这个故事建立了对友谊的信仰。我坚信，有过了"高山流水"的友谊信仰，中国人肯定是世界上最懂得友谊最高等级的族群。

当然，也恰恰因为是"高山流水"，中国人也是在友谊问题上最谨慎、最期待、最悲观的族群。

每个人，也许都有可能遇到那个"钟子期"，但机会太小了。那个地方，会在哪里？

如果真是遇到了"钟子期"，那么，相交的时间也不会太长，可谓"极而不永"。很快，一方断命，一方断琴，两相足矣。至情至谊的可贵和可哀，本为一体。

由此可知，最高等级的君子之交是稀有的，难遇的，因此也是寂寞的，悲凉的。但是，这种寂寞的悲凉，又是伟大的，不可重复的。

对于这个问题，我想得更多的，不是向外面找，而是向自己找。自己心中，究竟有没有"高山流水"？这是获得至谊的基础理由。没有这个基础理由，也就没有"钟子期"；有了这个基础理由，也未必遇得到他。这是一种茫然的等待，凄惶的寻找，其实都不能抱有太大的希望。

一九七七年，人类向外太空发射了一个特殊的飞行物"旅行者一号"，向外星人送去了一系列自我介绍。介绍中国的，便是古琴曲《高山流水》。

我读到这条新闻时心中一怔，半日无言。这就是说，我们把尚未谋面的外星人，也当作了"可能的钟子期"。只是希望，在茫茫宇宙间，有人懂得我们。

不懂？不要紧，我们一直寻找着。边飞行边寻找，边寻找边飞行，直到没有尽头的尽头，也就是永恒。

科学家霍金提醒大家：千万别去惹外星人。因为，我们太不了解他们，他们有可能轻而易举地消解了我们。

太高、太大的友谊企盼，必然会带来太高、太大的生存风险。人类的前景如何？实在不得而知。每当我们抬头仰望苍天的时候，只需知道，在那里，不可想象的远处，有一支《高山流水》的琴曲，在找寻友谊。

这其实也像地球上的我们：对于千古至谊，不抱奢望，却总是在找。

二、常谊

千古至谊虽不可得，我们却不缺少友谊。在日常生活中，天天有一些熟悉的名字，亲切的面容，具体的帮助，轻松的诉说。这就是日常之谊，故称之为"常谊"。

常谊，也就是君子之交的寻常状态。

常谊的好处，是实用。随叫随到，随取随放，不必恭请，不必重谢，大事小事，都在身旁。相比之下，前面所说的至情至谊、高山流水，远在天边，呼叫不到。一旦呼叫来了，也未必管用。

即便是非常特殊的人物，他们九成的生活，也由常态构成。因此人间友谊，以常谊为主体。

这种友谊的起点，一般都不会深刻，多数是一些小事。往往是，不经意地帮助了他人，或被他人帮助。

帮助，是人际关系的良性启动，包括被帮助。早年我曾读到一位西方智者的文章，说如果要想与一位新来的邻居建立友谊，又一时找不到为他出力的机会，那就不妨主动地要求"被帮助"。例如，向他借一本书，或一件工具。这种做法有点儿"设计",却表现了一种试图建立友谊的主动。而且,事实证明,百试不爽,这种主动总会成功,哪怕是这位邻居并没有那本书或那种工具。

这就是说,一个人在日常生活中不难拥有很多朋友。只要有心,就能轻松地建立友谊。一旦建立,不必辛勤浇灌,也能自然生长。这是人类向善、求群的本性决定的,非常自然,也是儒家君子"德不孤,必有邻"信心的自然流露。相比之下,反倒是孤寂傲世、寡友少谊的状态,很不自然。

社会上有一种误解,以为一个人拒绝友谊,是性格决定的。其实,不是性格,而是一种"自我欺骗"。他们硬要自己和别人相信,自己就是那个俞伯牙,正在等待钟子期。因此,他们对周围人群,是一万个不屑。

这样的人其实并不坏。真正的坏人不会拒人于千里之外。他们只需稍稍放松,把自己当作普通人,那么,友谊立即就会靠近。友谊一旦靠近,他们的生命就会产生质变,就像一个固守孤岛多少年而渐渐不知人之为人的人,忽然看到了帆影。

看到帆影后的他,与看到帆影前的他,乍一看还是同一个人,其实已经完全不同。不同在哪里?不同在对生存的理解,对人类的感受,对明天的期望。总之,他对生命的时间形式和空间形式的认知,发生了根本的变化。这么一个他,怎么还会与刚刚的他一样呢?

据我观察,那些孤寂傲世的人,并不是一开始就是这样的。他们大多是在友谊上频遭冷遇、几次碰壁,也就以冷对冷,以壁对壁,使自己变成了一道"冷壁"。

对此，我想借自然现象做一番劝解——

日光普照，月色千里，并不要求山川大地来回报。不求回报的日光，才叫日光；不求回报的月色，才叫月色。

对日光和月色来说，无所谓冷遇，也无所谓碰壁。如果出现十里雾霭，几片夜云，看起来好像是阻挡，是异质，是障碍，却只会使苍穹更美。

其实，友谊的滋味，恰恰也在于阻碍和落差。历史上那么多传之广远的优秀诗文，都是在描述人间情感的各种"失衡状态"，例如，思念、怨恨、忧郁、嫉妒、期待、苦守、追悔、自责，几乎每一项都与友谊或爱恋的落差有关。要是没有这种落差，人类的诗情就会减去大半。

如果永远是等量交换、同量往返，生活还有意思吗？这就像到了无坡无沟、无壑无丘、无荫无掩的一块平地，旅行还有乐趣吗？

因此，如果我们发出去的友谊信号没有等到同样的回音，千万不要灰心，也不必寻找原因。我们没有那么小气，小气到放声一唱，就要从山崖间捡拾每一缕回声。只管放松地走，只管纵情地唱，只管一路上播撒友谊信号，这才是真正的人生。

这不是扮演潇洒，而是秉承一个最古老的美好理念。孔子把这种理念表述得非常简洁：

四海之内，皆兄弟也。

——《论语·颜渊》

孔子注重家族亲情，又习惯于把家族亲情放大，来比喻天伦大道。在各种比喻中，最精彩的是这一个，把四海之内的各色人众，都等同于血亲同胞。这表明，孔子并不固守一家一户的门庭伦理，也不在乎天下万众的种种界限，而试图以仁爱之心全然打通。这已经上升为一种高尚的信仰，由此，孔子真正堪称伟大，是一个伟大的君子。

正因为四海之内皆兄弟，那么，孔子对友谊的理解，必定是海纳百川，兼容并包。不同的职业、出身、学养，不同的地域、方言、习俗，不同的表情、行为、脾气，都在覆盖的范畴之内。这中间，当然也包括对友谊的信号反应得特别迟缓、滞塞、漠然的那一族。

不同的反应，既有主观因素，又有客观因素，即使排除了这些因素，也不会变成同一的人。但是只要记住，我们都是兄弟，那就可以了。不同，正证明是"兄弟"而不是"自己"。孔子所说的"君子和而不同"，就是这个意思。

至此可以明白，君子之交可以无限扩大，并由实用等级上升为信仰等级。

这种用汉语说出来的信仰，在世界上弥足珍贵。请想一想，四海之内，没有异教徒，没有十字军，没有种族隔离，没有文明冲突，没有强权对峙，没有末日平衡，只是兄弟。为什么是兄弟？因为天下只有一个家。

这种信仰，与墨子的"兼爱"、孟子的"利天下"等理念连在一起，成为中华文化的一种宏大隐脉，虽不时时显露，却也未曾失去。偶尔一见，总会感动。

整个大地都是友谊，但偶尔，静下心来，还会悬想梦中的高山流水。极度宽泛的"常谊"和极度稀少的"至情"遥相呼应，互济互补，组合成中国古代君子完整的友谊哲学。

既然"四海之内皆兄弟"，为什么还需要孤影缥缈的"俞伯牙"和"钟子期"？可不可以忘记他们？

可以。但是，也应该允许有人记得。

三、甘谊

无论是"至谊"还是"常谊"，都让人感到温暖，因此都是君子之交。但是，在君子之交中，还是充满了沼泽和陷阱。甚至可以说，人的一生中最伤心、最郁闷的经历，至少有一大半，与友谊有关。

因此，向来被认为是"安全地带"的君子之交，其实也是"危险地带"。

为什么会这样？

这是因为，世间除了高雅的至谊、广阔的常谊之外，还有一种友谊，既不高，也不广，却有点儿甜，有点儿黏，有点儿稠。借用庄子的说法，可称之为"甘谊"。

处于"甘谊"之中的朋友，既可以称之为"蜜友"，也可以称之为"密友"。两个差不多的字，道出了其间的特性。

这种朋友，范围不大，交往很多，并不在大庭广众中搂肩拍背，而是带有一点儿心照不宣、微微一笑的"隐享满足"。他们彼此信任,遇事相商,无事聊天,经常愿意愉快合作,一起做一点儿事情。

然而,问题恰恰出在这种朋友之间。

这种朋友常常遇到几个陷阱。

(一)体己的陷阱

既然是密友,一见面就把门关起来,泡好两杯茶,亲切地看看对方,说一些"体己话"。体己,也就是知心,私密,不为人道。于是,这里就出现了与"他人"和"众人"相脱离的话语系统。

与"他人"和"众人"相脱离,很可能同时也脱离了公道。例如,低声商量开一个后门、踩一条红线、犯一下禁忌。小事脱离公道倒也罢了,如果事情比较大,就会引起人们的警惕。

如果警惕的目光很有韧性,那么,情况就很难乐观。外面的警惕,很可能向内渗透。结果如何,无法预计。

(二)功用的陷阱

上文说过,"至谊"不具有实用性,"常谊"具有实用性。而人们对于"甘谊"的期望,就不止于寻常的实用性了。

"甘谊"直通一种无所不能的心理逻辑:"这么好的朋友,什么事不好办?""有任何麻烦都说一声","你的事就是我的事","我们谁跟谁啊?"……

不切实际的互许,埋下了不切实际的互盼。

事实上,这种互盼多数落空,而落空的结果,总让人伤心。

亲密朋友之间，可能还存在着一起分享权力、财富、名声的潜在心理。一旦发现无法分享，便心生怨隙。条条怨隙的积累，很可能产生悲剧的结果。

西哲有言："何为真友？各无所求。"

这话说得有点儿过头，但其中也蕴藏着一番深意：友谊的最珍贵本性，与实用无关。可惜在很多人心目中，如果剥除一切实际功用，友谊就不存在了。

（三）暗箱的陷阱

"甘谊"之中，又存在着另一个重大误会，总觉得朋友之间一切都能互相理解，因此不必清楚说明。一说就见外，一说就生分。结果，友谊就成了一只"温暖的暗箱"。

但是，朋友是知己，却不是自己。两片树叶贴得再紧也并不完全相同，而是各有茎络系统。麻烦的是，"甘谊"中的朋友明明产生了差异也要互相掩饰，而掩饰中的差异又特别让对方敏感。因为是好朋友，敏感也就变成了过敏，甚至是超常过敏。

我见过一些著名的文学前辈，早年都是莫逆之交，到了垂垂暮年却产生严重龃龉，而一问起因，却琐小得不值一提。万里沙丘他们都容忍得了，却容不下贴上肌肤的一粒沙子。他们都把对方看成了自己，因此容不下一丝一毫的误解、委屈、冷漠、传言。为此，我曾写道：

最兴奋的相晤，总是昔日敌手；
最愤恨的切割，总是早年好友。

这便是陷阱,由"暗箱"转化成的陷阱。一陷,竟然跌进了比仇恨更加无救的深渊。

上述这些陷阱加在一起,就有可能进入更大的陷阱,甚至踩踏到善恶的边界。

四、水的哲学

说过了"甘谊"的陷阱,我们终于可以引出庄子的至理名言了:

> 君子之交淡若水,小人之交甘若醴。君子淡以亲,小人甘以绝。
>
> ——《庄子·山木》

这话清晰得不用翻译,如要笨笨地"译"一下,也就是:

> 君子之交,淡如清水;小人之交,甘如甜酒。君子因清淡而亲切,小人因甘甜而断绝。

庄子的这一论述,具有惊世骇俗的颠覆性。因为世间友情,总是力求甘甜,而甘甜的对立面则是清淡。庄子把这种观念反了过来,但是,反了两千年,人们还是不理解、不接受、不奉行,仍然在友情交往上追慕"甘若醴"。估计今后还会这样，因此，我们必须再郑重读解一次。

庄子的精彩，常在比喻。清水和甜酒的比喻，便是读解之门。你看，在色、香、味上，清水都无法与甜酒比，但是，甜酒需要酿造，甜酒并非必需，甜酒不能喝多，甜酒可以乱性。这一系列局限，恰恰是清水所没有的。清水出乎天然，清水为人必需，清水可以尽饮，清水无碍心志。那么，如果把水和酒的对比投射在友情之上，孰上孰下，孰优孰劣，就不难看出来了。

清淡交友，在具体表现上是什么样的？未必经常相聚，未必海誓山盟；未必成群结队，未必书函频频。但偶尔一见，却满眼亲切；纵挥手而别，亦衣带留痕。

同样以水为喻，庄子的"淡哲学"，应该与老子的"冷哲学"有关。老子说：

上善若水。水善利万物而不争，处众人之所恶，故几于道。
居善地，心善渊，与善仁，言善信，政善治，事善能，动善时。
夫唯不争，故无尤。

——《老子·八章》

用现在的语言解释，大致可以这样：

最高道德像水。水，滋润万物而不与谁争，身处大家遗弃的低位，因此反而接近大道。

除了找对地方，还心地深远，与人为善，说话可信，为政有效，办事能干，行动合时。

正因为什么也不争，所以也没有麻烦。

老子的这段话，应该成为最值得永久传诵的中国古代哲言之一。其核心有两点：

第一，利万物而不争；

第二，处低位而得道。

对于这两点，需要略做讲述。

先从后面一点说起。老子所说的"处众人之所恶"，也就是故意寻找大家都不愿意停留的地方。大家愿意去哪里？向上，向高，向世间显达处。这正好与水的流向相反。水的流向，是向下，向低，向世间隐蔽处。而这，正是众人所鄙弃的地方，因此说"众人之所恶"。

"众人之所恶"，恰恰是得道之地。为什么这样说呢？

既然众人都在争高，因此如果像水一样甘寻低位，就可避开争执。但是，争高位的众人也需要灌溉和润泽，这又只能依靠甘寻低位的水了。于是，水似乎在说："你争你的高位，我灌你的根脉。"

水连"可能的对手"也默默帮助了，那就是"利万物"。可见，能做到"利万物而不争"，正是因为它甘寻低位。所以，逆众人是为了利众人，逆万物就是利万物，这便是道。

"水善利万物而不争",也有一种版本为"水善利万物而有静",并把"静"注为"无纷乱"、"治躁",意思与"不争"相近。凭我对文字本身的神秘直感,认为老子说"不争"的可能更大。

五、由浓归淡

拜习了老子和庄子,我们就有高度超越前面所说的陷阱了。

在这里,我想以自己的一些负面经历谈点儿体会。

为了避免个人恩怨,我只说与几个传媒的交往陷阱。

二十几年前,我还在上海担任院长,曾经对一家戏剧杂志和一家文学报纸表示出超常的友情。我同意一位副院长的提议,拨出一笔资金支援那家濒临倒闭的戏剧杂志,并答应以后连续资助,使国内其他同类杂志大惑不解;几乎同时,我又在全国其他报刊的激烈争夺中把新写的长文《上海人》给了那家景况寥落的文学报纸,结果该文大受市长赞誉,出现了上海官员和文人几乎人人皆读的惊人热闹。这两番友情,够浓烈的了吧?

但是,怎么也没有想到,在我不久辞职之后,立即遭到那家戏剧杂志和那家文学报纸的谣言攻击,而且声势浩大。谣言很快破碎,但只有它们,不辟谣,不更正,不道歉。尤其那家文学报纸,后来一直不间断地把攻击延续了二十几年。这事,用正常的逻辑永远也解释不通。

国内外很多朋友对我说,这种情况,普天下只可能在上海文化界发生。对此我不同意,认为这里出现了一种深刻的"反逻辑":它们超常的暴烈,正是在报复我当初超常的浓烈。

分析这种"反逻辑",也就能进一步理解"君子之交淡若水"的深意。

超常浓烈的友情,具有一种"不可承受之重"。不可承受却又承受了,按照物理规律和心理规律,必然会产生一种很大的不平衡,让人无法站稳。

面对这种不平衡,就像面对一笔无法偿还的欠债,只有两个办法,一是以服从来抵偿,二是以变脸来抵赖。

本来它们都是准备选取第一个办法的,但我恰恰又辞职了,完全失去了"服从"的必要和可能,因此就采取了第二个办法。这一来,好像它们一直是与我对立的,不可能接受过我的超常帮助。

由此我终于明白,这里出现的忘恩负义,首先不是道德问题,而是力学问题。造成这个力学问题的起因是我,因此属于咎由自取。

对此我无可奈何,可用的办法是恢复职位或升高职位,来回击它们。这虽然是举手之劳,但我还是选择了老子、庄子的教言,选择了相反的路。那就是,像水一样趋低、趋下、趋弱、趋柔,而且丝毫"不争"。

既在手段上"不争执",又在目的上"不争胜"。简单说来,以冷淡来对付他们的浓烈。

结果呢?

老子说,柔能克刚。我究竟"克"了没有?

那些造谣者,先因我的"不争"而感到安全,后因我的"不争"而感到不甘。他们总是等着我出来争辩、争论、争执，而我总是不争。他们为此恼怒了很久，撩拨了很久，激将了很久，我还是不争。于是，他们渐渐漏气了，不耐了，发毛了。原来，他们最期盼的是浓烈，最害怕的是冷淡。他们举着烈酒叫阵，我却倚着冷泉打盹。终于，他们逐一退出，消失于草泽之间。

有了这番经历，我也终于对这个"淡"字，产生了根本的理解。

人与人相处，本质为淡。倘若浓稠，如何个体独立？如何若即若离？如何流转自如？如何因时而异？

清水之中，如果营养浓富，即成污染；血管之中，如果黏度过高，即成疾患。人际关系，也是如此。

人际关系中的浓度，大多由夸张、捆扎、煽呼而成。时而炽热、狂喜，时而痛苦、愤怒，其实都是以一种自欺欺人的借口造成的负面消耗。批判、斗争、辩论、舆情等等，也大致如此。我之所以一直不喜欢政客、名嘴、意见领袖，也与他们故意夸张浓度有关。通观历史，这种夸张固然留下过伟业的传说，盛世的故事，但主要是造成了灾难，而且是无数实实在在的灾难。

当我用老子和庄子的眼睛看淡周际，于是，一切都变得正常、寻常、平常，连气势汹汹的进攻都变成了沙盘游戏、木偶提线。愤又何在？恨又何在？只是轻轻一笑间，如风吹苇。

由此可知，"淡如水"，并不只是交友术，而是一种世界观。

世事漠漠，恰如水墨，被人加浓，反失常态。由浓归淡，即返自然，便得泰然。

其实，即使是高山流水的"至谊"，也极淡极淡。一曲琴音，短暂相遇，又天人相隔，还不淡？虽淡，却不失其高，正合得上这四个字：天高云淡。

说明：本篇和以下几篇，选题于旧著《霜冷长河》，有的重新写了，有的做了很大修改。选的理由，是因为这些文章探讨了"人生之道"，是我后来研究"君子之道"的重要准备；改的理由，是原文写得过于滞缓，已经不适合今天的阅读。不禁边改边叹：才隔十几年，中间已有世纪门槛。

君子之名

一、君子自杀

照理,君子不应该自杀。因为孔子曾经提出过非常明确的要求:"君子不忧不惧"(《论语·颜渊》)。

但是,纵观历史,君子自杀的事例还是不少。显然,他们还是有忧有惧。不仅有,而且很大,才会付出生命的代价。

那么,究竟是什么东西,使本该无所忧惧的君子害怕了呢?王充在《论衡》里做出了一个结论:

君子不畏虎,独畏谗夫之口。

——《论衡·言毒》

谗夫,是指毁谤者。

这个"谗"字,居然比猛虎还要可怕,因此,希望能够引起读者百倍注意。有人把它解释为谣言,那就轻了。谣言虽然不好,但不见得会对某个人造成实际伤害；"谗"就不同了，必定以伤害为目的。其中，还必然包括挑拨离间、花言巧语、添油加醋、栽赃诬陷、指鹿为马、上纲上线等手段，而且锲而不舍、死缠烂打、无休无止、上下其手，直到把被伤害的名誉彻底摧毁。如果不是这样，就不叫谗夫。

谗夫的攻击目标，是君子的名誉。君子自杀的原因，是名誉的失去。因此，在名誉问题上，谗夫就是屠夫。

一切的核心，是名誉。

名誉，也可称为名声、名望、名节。在古代，常常以一个"名"字来统称，大致是指一个人在社会上获得的正面评价和良好影响。

在很多君子心目中，这是一个人的第二生命。甚至，是第一生命。

看成是第二生命的，因谗而怒，拔剑而起；看成是第一生命的，因谗而死，拔剑自刎。

名，不是物质，不是金钱，不是地位，不是任何可触可摸的东西。但是，善良的目光看着它，邪恶的目光也看着它；小人的目光看着它，君子的目光也看着它。一切狞笑、谋划、眼泪、叹息都围绕着它。它使生命高大，又使生命脆弱；它使生命不朽，又使生命速逝。

名啊，名……

二、君子名声

君子重名。

最能说明这种重视的，是孔子的这句话：

君子疾没世而名不称焉。

——《论语·卫灵公》

用现在的话说：君子的恨事，是离世的时候自己的名声还不被别人称道。

这就是说，名，是君子对生命价值的最后一个念想，可称之为"终极牵挂"。

好像大家都很在乎。例如，荀子说过"名声若日月"（《荀子·王霸》）；连墨子也说过"以名誉扬天下"（《墨子·修身》）。多数古代君子追求的人生目标，是"功成、名遂、身退"（苏轼《志林》）。名，这个字，一直稳定地浮悬在君子们的头顶。

君子重名，目的各有不同，但从根本上说，我们不能过于强调他们的自私理由。如果认为重名即是重个人，那倒真是"以小人之心度君子之腹"了。

在孔子和其他君子的内心，名誉，是建立社会精神秩序的个人化示范。名誉，既包含着一个人的道德行为规范，又包含着这种规范被民众接受和敬仰的可能性。因此，名誉是一种生命化的社会教材，兼具启悟力和感染力。一个君子能够让自己成为这种生命化教材，是一种荣耀，也是一种责任。一个社会能够守护一批拥有荣誉的君子，是一种文明，也是一种高贵。

在我看来，人类社会从野蛮的丛林走向文明的平原，最大的变化是懂得了抬头仰望。一是仰望天地神明，二是仰望人间英杰。人们为第一种仰望建立了图腾，为第二种仰望建立了名誉。

两种仰望，都是人类实现精神攀升的阶梯。所不同的是，图腾的阶梯冷然难犯，名誉的阶梯极易毁损。

因此，名誉的事乍一看只涉及一个个名人，实质上却关及整个社会历史的文明等级。

一个社会，一段历史，本身也有名誉问题。社会和历史的名誉，取决于它们如何处置人与人之间的名誉取向。它们给予什么样的人物名誉，它们本身也就具有什么样的名誉。它们让什么样的人物失去名誉，它们本身的名誉级别也就随之发生变化。

为什么诸子百家的时代永远让人神往？因为那个时代给了孔子、孟子、荀子这样的人物以很高的名誉。同样，古希腊的名誉，与那个时代给予索福克勒斯、希罗多德、柏拉图、亚里士多德的名誉相对应，而希腊失去名誉的地方，正在于它试图让苏格拉底失去名誉。与中国和希腊不同的是，巴比伦文明和埃及文明把名誉集中在一些政治人物身上，很少找得出文化智者的名字。因此，它们后来的走向，也容易失去它们本来应该有的文化尊严。

中国在漫长的历史中，除了诸子百家的时代之外，唐朝的历史名声最好，这与那个朝代在"名誉分配"上的合理性有关。连皇室也崇敬一个个宗教大师、著名诗人、书法家，他们这些人在当时拥有极高的名声，因此唐朝也就在历史上拥有极高的名声。相比之下，汉朝过于尚武，社会声誉主要集中在统帅、将军一边，虽也令人振奋，但军事与文化一比，在时间上毕竟容易朽逝。因此，唐朝的整体荣誉也高于汉朝。

最值得玩味的是宋朝，居然一度将国家的很大一部分行政管理职务交付给了一代文化大师，如范仲淹、王安石、司马光等等，把顶级行政声誉和顶级文化声誉罕见地叠加在一起了。他们之间的政见并不一致，而且也先后遭到贬黜，但不管从哪一个角度看，他们都是君子。即便是对立，也是君子之争。因此，他们也让他们所处的时间和空间，保持着高雅的名声。

明清两代，实行思想专制主义和文化恐怖主义，即"文字狱"，君子们应有的名声被残酷剥夺，代之以文化庸人、文化奴才和文化鹰犬们的"时名"。最多的名声，全都投注给了宫廷皇族和官僚体制。就算是其中比较像样的文化人，也一定要与官僚体制挂钩才能被确认名声。但严格说来，这已经不是纯净的文化名声和君子名声了。正是这种长达数百年的风气，造成了中华文明的整体下滑。

也就是说，由于明清两代在"名誉分配"上的错乱和颠倒，使中国在整体上也名誉蒙污，很难与唐、宋两代相比了。尽管在国力和疆土上，明清两代比唐宋两代更强、更大。

由此可见，名誉之正，直逼国本。

不管何时何地，常常遇到"名誉分配"上的错乱和颠倒。这个问题，在中国君子身上体现得更为强烈,更为痛苦。

这是因为,君子的名声,除了荣耀性之外,还带有排他性和脆弱性。

三、排他性、脆弱性

君子的名声带有排他性。即便君子本人并无排他之心,而他的名声也会自然地发挥出排他功能。为什么会这样?

首先,名声因为是君子的,必然包含着正气。这种正气,既有君子品德的基本支架,也有区别于小人的边界划分。因此,即便是安静的名声,也构成了一种隐性的价值标准,首先对小人产生威胁,也对许多介乎君子和小人之间的芸芸众生产生压力。

其次,君子的名声还会让其他君子感到尴尬。同样是君子,一方的名声就会对周围造成对比和掩荫。这就会使周围的君子产生某种被排斥的感觉,并进而产生对今后的担忧。

正是这两种排他性功能,使君子的名声总是伴随着脆弱性。

这实在是一个让人伤感的悖论。君子的名声虽然具有荣耀的光辉、排他的功能,但本身并没有实质性的依靠,只是飘动在人们的心中、口中。这种名声不靠权力,不靠地位,不靠财富,不靠武力,不靠家世,不靠师从,也就是说,是一种霞光月色般的存在,美则美矣,却极易消散。

当然,也有不少名声建立在权力、地位、财富、武力、家世、师从之上,拥有者也可能是君子,但是,他们身上那些"有依靠的名声"却只属于他们"非君子"的成分,因此恰恰不是君子名声。他们身上如果也有君子名声,那么,属于君子名声的那部分,一定也是脆弱的。

如前所述,君子的名声与周围很多人的羡慕、嫉妒、威胁、压力、尴尬、担忧紧紧连在一起,因此处处遍布了企图颠覆和毁损的潜在欲望。一旦打开一个小小的缺口,极有可能蔓延成一片烈焰熊熊的火海。

几乎不会有人来救火。对于旁观的一般民众来说,非常愿意看到几棵平日需要仰望的大树被顷刻烧焦的痛快景象。闪闪火光照着他们兴奋的脸,他们又鼓掌,又欢呼,甚至跳起了群舞。

他们之中可能也会有几个人头脑比较清醒,没有参与群舞,看着被烧焦的大树,也就是被谗夫们伤害的君子,企图说几句公道话。但是,正因为君子原来的名声并非实体,被诬被冤也缺少确证的凭信,即使试图救助也缺少救助的依据、资源和逻辑。他们在束手无策之中开始怀疑自己:既然那么多人采取同一个态度,也许"群众的眼睛是雪亮的"?

被伤害的君子更难自辩,因为颠覆名声的第一步,总是会破坏被颠覆者的基本信誉。既然基本信誉已被怀疑,自辩当然无效。"时至今日还在说谎!"这是一般民众对自辩者的"舆论"。

君子为自己的名声辩护,需要有法庭,有法官,有律师,有法警,有陪审,有证人,有证据,有上诉……但这一切,在名声的领域都不存在。虽然法律上也有"损害名誉权"的条款,但那只适用于某种浅陋的罕例。真正的名誉案件,往往越审越损害被害者。

总之，君子的名声天然地埋伏了大量对立面，广大民众又基本站在对立面一边。无人想救，无人能救，而自己又缺少辩护的资格。这就难怪，那么多品德高尚的君子默念几句"人言可畏"，含恨自杀。

四、功能缺失

说到这里，我不能不对中国的"君子之道"略做批评。我已经写了那么多文字称颂它，因此也有必要说一说它的负面效应。

我曾多次论述，中国传统文化的一大弊病是疏淡公共空间（public space），中国君子并未被赋予"勇于在一切公共领域运用理性"（康德）的职能。因此，君子受谗夫之谤，本是一个"公共空间"、"公共领域"的重大话题，却得不到公共理性的保护。其他君子即使"打抱不平"，也不存在正常的伦理身份。这一来，君子一旦受谤，只能面对以下几项选择：

一、请求朝廷为自己洗诬，即"平反"；

二、不与谗夫辩论，只是反躬自省。如果自省之后诽谤仍然不止，证明自己的修养还不到家；

三、如果名声已被诽谤彻底毁坏，那就安心领悟"名高必坠"的道理，不再执着谁是谁非。

这三项中，第一项靠的是事外力量，第三项靠的是事后安慰，因此关键是第二项，即把诽谤事件转变成了一个自省事件。在君子之道中，不难找到以下这些让人感动的话：

"吾日三省吾身。"

"君子求诸己，小人求诸人。"

"何以息谤？曰无辩。"

"修之至极，何谤不息。"

"谗夫毁士，如寸云蔽日，不久自明。"

……

总之，按照这种高尚的说教，君子如果遇到了谗夫，遇到了诽谤，只能静静地等待，深深地自省。

这种自省哲学其实也就是退让哲学。君子们在唾面自干的忍辱功夫中，把世间的真伪之别、是非之别、善恶之别全都混淆了，是一个巨大的精神泥潭。埋没在这个泥潭中的，不仅是无数君子的尊严和生命，而且还有社会的公理、人间的正义。

至于"名高必坠"的逆反哲学，看似冷静，其实还是支持了谗夫。因为谗夫是让高名坠落的推手，如果这种逆反哲学成立，他们反倒代表了历史的力量。

即使大家公认，那些高名的坠落是不应该的，那么，这种哲学又会转而从另一个角度进行安慰，说那些高人即便暂时坠下，也会刺激他们取得更高成就，迟早会挽回名声。为此还不断举出例证，说哪个军事家因受诬而遭断足，反而写出了兵书，哪个大诗人因受诬而遭放逐，反而写出了名作……

这种安慰，仍然让谗夫代表了历史的推手。从所举例证看，完全"以一概万",把特殊罕例当作了天下公式。千百个高人被谗夫整倒了,只有一两个侥幸存活,怎么能以这种稀有的侥幸来掩盖无数的冤屈?何况,即便是这些稀有的侥幸,也煎熬着巨大的痛苦和伤残,实在是人间正道的反面。

总之,当君子的名声受到谗夫攻击时,君子之道老是在教育君子、训诫君子、安慰君子、说服君子,却没有任何力量来对付谗夫。这就使君子之道失去了自卫的依据,任凭自己的信奉者、追随者一次次被攻击、被包围、被泼污。不管怎么说,这是一种重大的功能缺失。

我认为,中国历史上大量的杰出人物不得善终,多数响亮的名誉只能追加于他们去世之后,社会机制永远重复着"优汰劣胜"的潜规则,都与君子之道的这种功能缺失有关。

更可怕的是,这种传统沉淀成了一种扭曲的社会共识。只要君子蒙谗,多数民众的目光只会集中审察君子,而不会审察谗夫。审察君子,主要也不是审察他们究竟有没有被冤,而主要是看他们的"态度",也就是他们的自省程度和退让程度。在这种情况下,多数民众其实都站到了谗夫立场上。

民众不明白"他人的名誉不可侵犯",只相信"他人的名誉不可容忍";

民众不明白"名誉的多寡决定着社会的等级",只相信"名誉的毁损充满着世俗的愉悦";

民众不明白"名誉的废墟是大家的废墟",只相信"大家的废墟是大家的平等"……

这一系列观念的长久普及，使谗夫们逐渐升格为"揭秘勇士"、"言论领袖"、"爆料专家"，从者如云，一呼百应。

应该说，世界历史上，谗夫处处都有，唯独在中国，特别神通广大；诽谤处处都有，唯独在中国，足以排山倒海；冤屈处处都有，唯独在中国，伤及精神主脉。指出这一事实，并非否定历史，反而更对中国历史上的万千君子肃然起敬，他们实在辛苦了。

他们总是因为德行高尚而走投无路。在百般无奈之下，他们只得选择下策，那就是想尽办法请求朝廷为自己洗污。因为当社会舆论总是站在谗夫一边，君子们唯一能指望的，只能是极权中心。

但是，朝廷并非由君子组成，历来对君子遭受的困境，无法感同身受。朝廷所警惕的永远是权力失衡，而谗夫们的种种作为，永远不对朝廷构成直接威胁。在多数情况下，更让朝廷头痛的，不是谗夫，而是君子。因此，君子在危难时分求助于朝廷，几乎无救。

很多君子自杀，正是因为看透了这层秘密。但是，还是有不少君子仍然留下了哀怨的眼神。其中，包括了伟大的屈原和司马迁。

为了名誉而向朝廷求助的君子，在历史上不胜枚举。其中最让我感到痛心的，是宋代女诗人李清照。这么一个柔婉蕴藉的东方女性美的最高代表，居然也会为名誉奔波了大半辈子。

这种反差，再强烈不过地凸显了名誉与君子之间的艰难关系。对这件事，我曾不止一次论及，那就不妨在本文中做一点儿较完整的解析。

五、可怜李清照

她清纯绝俗，风华绝代，总是独自伫立于西风黄花之中，从不招谁惹谁，怎么会有名誉问题呢？如果有了名誉问题，又怎么会在乎呢？

但是，事实与人们想象的，完全相反。

李清照在与赵明诚结婚之后，就开始面对长辈们遭受的名誉灾祸。这种经历像是一种试炼，让她明白一个人在名誉问题上的乖谬无常。

她的父亲李格非与当时朝廷全力排斥的所谓"元祐党人"有牵连，罢职远徙。这种名誉上的打击，自上而下，铺天盖地，哄传一时，压力极大，但年轻的李清照还能承受，因为这里还保留着另一种名誉——类似于"持不同政见者"的名誉。然而不幸的是，处理这个案件的，恰恰是丈夫的父亲赵挺之！

这一下就把这对恩爱的年轻夫妻推入十分尴尬的境地：只要一方的父亲能保持名誉，另一方的父亲就必然失去名誉。这种你死我活的格局压在一个家族的头顶，实际上连一半名誉也无法保持，只能是在众目睽睽之下被别人看笑话，两败俱伤。

李清照身在其中立即体会到了这种尴尬，曾大胆写信给公公赵挺之，要他以"人间父子情"为虑，顾及儿子、儿媳和亲家的脸面，不要做炙手可热、让人寒心的事。

一个新过门的儿媳妇能够以如此强硬的口气上书公公，可见做公公的赵挺之当时在亲友家族乃至民间社会中是不太名誉的。但实际上，赵挺之很可能是一个犹豫徘徊的角色，因此最终也遭到打击。甚至在死后三天，家产被查封，亲属遭拷问，儿子赵明诚也被罢免官职。

事虽如此，他原先缺失于民间士林的名誉并没有恢复，反而增加了一层阴影，人们只把他看成三翻四覆的小人。古往今来，很多勉强进入不同身份而又良知未泯的知识分子官吏，大多会在自身名誉上遭此厄运，又百口莫辩。

这时，李清照跟随着落魄的丈夫赵明诚返回故里青州居住。他们这对夫妇对世间名誉的品尝，已经是涩然不知何味了。

我想，被后世文人一再称道的赵明诚、李清照夫妇在青州十余年的风雅生活，他们购书、猜句、罚茶等令人羡慕的无限情趣，正是在暂离升沉荣辱旋涡后的一湾宁静。他们此时此地所达到的境界，好像已经参破红尘，永远不为是非所动了。但是，事实并非如此。

名誉上的事情没有止境，你参破到什么程度，紧接着就有超过这一高度的骚扰让你神乱性迷，失去方寸。就像是催逼，又像是驱赶，非把你从安宁自足的景况中驱赶出来不可。

似乎是上天的故意，李清照后来遇到的名誉问题越来越大，越来越关及个人，越来越无法躲避。例如那个无中生有的"玉壶事件"，就很典型。

李清照的丈夫赵明诚是一位远近闻名的文物鉴赏专家，自己也藏了不少文物。在他病重期间，曾有一位北方的探望者携带一把石壶请他过目。没想到，赵明诚死后即有谣传兴起，说他直到临死还将一把珍贵的玉壶托人献给金国。

当时宋、金之间正在激烈交战,这种谣传关涉到中国文人最重视的气节问题。李清照再清高,也按捺不住了。

她一定要为至爱的亡夫洗刷名誉,但又不知道应该如何洗刷。

想来想去,选了一个最笨的办法:带上夫妻俩多年来艰辛收藏的全部古董文物,跟随被金兵追得走投无路的宋高宗赵构一起逃难。目的之一,是表明自己和古董文物的政治归属。甚至,还想在必要时把这些古董文物献给朝廷。

她的思路是,谣传不是说我的丈夫将一把玉壶献给了金国吗?现在金国愈加凶猛而宋廷愈加萎弱,我却愿意让自己和古董文物一起追随宋廷,这岂是有势利之心的人做得出来的?已故的丈夫与我完全同心,怎么可能叛宋悦金呢?

只有世界上最老实的文化人,才想得出这种表白方式,实在是笨拙得可爱又可气。

她显然过高地估计了造谣者的逻辑感应能力。他们只顾捕风捉影罢了,哪里会留心前后的因果关系?

她也过高地估计了周围民众的内心公正。他们大多乐于听点儿别人的麻烦事罢了,哪里会感同身受地为别人辩诬?

她更是过高地估计了丧魂落魄中的朝廷。他们只顾逃命罢了,哪里会注意在跟随者的队伍里有一个疲惫女子,居然是在为丈夫洗刷名声?

宋高宗在东南沿海一带逃窜时,一度曾慌张地在海上舟居。可怜的李清照,跟随在后,从越州(今绍兴),到明州(今宁波),再经奉化、台州入海，又经温州返回越州。一路上，居然还带着那么多行李！

这一荒诞的旅程，最后在一位远房亲戚的劝说下终于结束。但在颠沛流离中，所携古董文物已损失绝大部分。

付出如此代价，名誉追回来没有？这真是天知道了。

至此，李清照已经年近五十，孤孤单单一个人，我想她一定累极了。

在国破家亡的大背景下，她颓然回想，父亲的名誉、公公的名誉、丈夫的名誉，已经摧肝裂胆地折腾了大半辈子，究竟有多大实质性的意义呢？她深深喘一口气，开始渴望过几年实实在在的日子。

她已受不住在寒秋的暮色里回忆早已远逝的亲情抱肩而泣的凄楚，她想暂别往昔，她想寻找俚俗。根据李心传、王灼、胡仔、晁公武等人的记载，她在思虑再三之后接受了一个叫张汝舟的军队财务人员的热烈求婚，又有了一个家。

她当然知道，在儒家伦理的重压下，一个出身官宦之家的上层女子，与亡夫的感情弥深弥笃，而且又年近半百，居然公开再嫁，这会受到上上下下多少人的指责？我们今天还能看到当时文人学者对李清照再嫁的恶评："传者无不笑之"、"晚节流荡无依"……这就是她在当时文化界"赢"得的名声。

对此，我们的女诗人似乎有一种破釜沉舟般的勇敢。

如果事情仅仅到此为止，倒也罢了。李清照面对鼎沸的舆论可以闭目塞听，关起门来与张汝舟过最平凡的日子。然而万万没有想到，这个张汝舟竟然是不良之徒。他以一个奸商的目光，看上了李清照在离乱中已经所剩无几的古董文物。所谓结婚，只是诈骗的一个手段。等到古董文物到手，他立即对李清照拳脚相加，百般虐待。

可怜到了极点的李清照，只要还有一点点儿可以容忍的余地，是绝不会再度破门而出公开家丑的。她知道一切刚刚嘲笑过她的正人君子们得知内情后，必定会笑得更响。但她毕竟更知道生命的珍贵，知道善良、高雅不应该在凶恶横蛮前自甘灭亡。因此，她在结婚三个月后向官府提出上诉，要求解除婚姻关系。

李清照知道宋朝的一项怪异法律，妻子上告丈夫，即便丈夫真的有罪，妻子也要跟着被判两年徒刑。但她宁肯被官府关押，宁肯审案时在大庭广众之下与无赖的丈夫对质，丢尽脸面，也要离婚。

没有任何文字资料记载李清照出庭时的神态，以及她与张汝舟的言辞交锋内容。但是可以想象，为了达到离婚的目的她必须诉苦，只要诉苦就把自己放置到了博取人们同情的低下地位上，这是她绝不愿意做的。更何况，即便诉苦成功，所有旁观者的心中都会泛起"自作自受"四个字。这些，她全能料到。如此景况，加在一起，出庭场面一定不忍卒睹。

让这一切都从历史上隐去吧，我们只知道，这次上诉的结果，张汝舟被问罪，李清照也被关押，离婚算是成功了。幸好，由于一位朝中亲戚的营救，李清照没有被关押太久。

出狱后她立即给营救她的那位亲戚写信，除了感激，还是在担心自己的名誉："清照敢不省过知惭，扪心识愧。责全责智，已难逃万世之讥；败德败名，何以见中朝之士"；"虽南山之竹，岂能穷多口之谈？惟智者之言，可以止无根之谤。"

女诗人就是在如此沉重的名誉负荷下，悄悄地进入了老年。由此，我们可以更深入地懂得她写于晚年的代表作如《声声慢》了，那就不妨再读一遍：

寻寻觅觅，冷冷清清，凄凄惨惨戚戚。乍暖还寒时候，最难将息。三杯两盏淡酒，怎敌他，晚来风急！雁过也，正伤心，却是旧时相识。

满地黄花堆积，憔悴损，如今有谁堪摘？守着窗儿，独自怎生得黑！梧桐更兼细雨，到黄昏，点点滴滴。这次第，怎一个愁字了得？

不知道为什么我们许多写李清照的影、视、剧作品，都讳避了她如此剧烈的心理挣扎。可能也是担心一涉名誉，就会怎么也表述不清吧？名誉，实在是一种足以笼罩千年的阴云。

结果，讳避了又讳避，千千万万读者不知李清照命运悲剧，却在心中一直供奉着一个无限优雅的李清照。

这是一种虚假吗？好像是，但往深里一想又不是。这是一种比表层真实更深的真实。

挣扎于身边名誉间的李清照虽然拥有几十年的"真实"，反倒并不重要；而在烦闷时写下一些诗词的李清照，却创造了一种东方高雅女性的人格美的"大真实",并光耀千秋。

为此,真希望饱学之士不要嘲笑后代读者对李清照命运悲剧的无知。这种无知,正体现了一种历史的过滤和选择。那些连李清照本人也担心"难逃万世之讥"的恶名,并未长久延续。真正延续万世的名誉,在当时却被大家忽视了,包括李清照自己。

至此已可看出,我花这么多笔墨来谈李清照,是舍不得她的故事对于名誉的全方位阐释功能。名誉的荒诞性、残忍性、追逼性、递进性,以及日常体验的名誉与终极名誉之间的巨大差异,都包含在其中。

有趣的是,后来一直有一些大学者出于名誉考虑,努力否定李清照曾经再嫁,说那是一群小人为了损坏李清照的名誉而造的谣。例如朱彝尊、王士禛、俞正燮、李慈铭都做过这样的事。他们学问高,名声大,总该恢复李清照的名誉了吧?但是,如果恢复了,那是真名誉吗?或者说,后代读者真会因为她曾经再嫁,低看她在诗词上的崇高名誉吗?

六、几点结论

写到这里,我可以对君子的名誉问题发表一些归结性的意见了。

第一,正在苦恼的名誉,大多无足轻重。

天下真正的大名誉如高山大川、丽日惠风,隐显之间不会惹人苦恼。惹人苦恼的,无非是四周的低语、躲闪的眼神、时下的忌讳、如风的传闻……但这一切,全是嗡嗡如蚊、嘤嘤如蝇,来也无踪,去也无影。为它们而难过，枉为一个挺立的人。等着吧，不必很久，你就会为昨夜的叹息后悔，为今晨的眼泪羞愧。

可以肯定，为名誉受损而苦恼的人，绝大多数都在心里把事情严重夸大了。曾在一本书里读到，一个儿子为了报纸上一篇损害自己名誉的文章又气又恨，寻死觅活，他的爸爸前来劝慰。爸爸问了一系列的问题：这份报纸，城里看的人有多少？看报的人，眼睛会扫到这篇文章的人占多少？这中间，会把文章读完的人有几个？这几个人中，能相信文章内容的人又有几个？相信的几个人中间，读完文章一小时后还记得的人会有吗？如果有，那么，第二天早晨是否还记得？……

儿子听了爸爸的这些问题，仔细一想，破涕为笑。可惜，大多数为名誉受损而苦恼的人，没有这样一位及时到达的爸爸。

第二，真正重大的名誉，自己无能为力。

真正重大的名誉，一定是自己生命质量的自然外化，又正好被外界隆重接受。无论是自己的生命准备还是外界的接受背景，都长远而宏大，无法突击，无法速成。也就是说，这样的名誉，是追求不到、争取不来、包装不出的，也是掩盖不住、谦虚不掉、毁灭不了的。因此，君子不应该成为一个求名者、忧名者、念名者、夺名者。

十七世纪英国政治家哈利法克斯说："从被追求的那一刻开始，名誉就是一种罪恶。"这话讲得太重，因为这要看追求的程度和后果。我觉得中国六世纪文学家颜之推的说法比较平稳：

上士忘名，中士立名，下士窃名。

——《颜氏家训》

这就是说，要成为"上士"也就是君子，应该忘名。万万不可像"下士"那样去夺名，夺名其实就是窃名，于是"下士"也就等同于小人。"中士"就是介乎君子和小人之间的普通人，可上可下。要上，就不能惦记名声。

为什么不能惦记？因为名声的归属是自然而然的事情，一旦惦记，证明那名声未必属于自己，你却想争取过来。这种争取，就有了求的成分，窃的成分。

第三，一旦名誉受诬，基本不要在意。

名誉受诬，难免令人不悦。但是，受诬的名声既然与自己不合，那就不属于自己，只是名字重合罢了，当然完全不必在意。智者劝告：不为他人的错误惩罚自己；我则进一步劝告：对于恶名，也不可"窃名"。

不要那么推重谗夫，不要那么推重传谣者，也不要那么推重信谣的民众，不管他们的数量有多大。哪怕是一百万人都相信了，那也只是表明一个谣言收降了一百万个俘虏，而且是道义和智能都很低的俘虏，当然可以忽略不计。

历来说，"众口铄金"。我觉得，不要相信。如果是真金，多少张口能把它铄了？铄了的，一定不是真金。当然，也可能铄掉一点儿外层熔点极低的杂质，那对金来说，倒是好事。如果因名声起落失去了头衔，失去了朋友，甚至失去了一段婚姻，那就证明那些头衔、那批朋友、那段婚姻本不值得留存。从这个意义上，诬陷，是我们人生的清洁剂。谗夫，是我们人生的清道夫。免费获得了清洁剂和清道夫，真该感恩。

除此之外，谗夫还有另一个作用，那就是从他们活动的程度和频率，来反推我们成绩的程度和频率。因为如果没有特别好的成绩，就不会有谗夫的光顾。因此，他们又是反向的"颁奖者"。

第四，更高一层修炼，排除"名执"、"我执"。

君子是儒家概念，其实我们探讨君子之名，可以超越儒家，达到更彻底的境界。

例如老子说："名可名，非常名"，一下子就把名的确定性、指向性，全都取消了。名是一个套子，既套不住各异的个体，又套不住流动的时间，因此从本性上就是假的，不必存在的，不管是正名、邪名、好名、恶名、实名、虚名，都是这样。按照老子的观点，怎么还会有名誉的问题？

佛教更为彻底，一切名相皆是空幻。不仅是名，连"我"也是空的。人间正因为执着于"我"，造成多少纠纷和痛苦，而在无常的大千世界，"我"究竟是什么？消除了对"我"的执着，也就是消除了"我执"，那还会对"名"执着吗？僧侣团队中的每一个人，把自己从小就有的名字也脱卸了，只为称呼之便加了一个来自佛法的法号，那就做了一个把名看空的实验。结果，大家都看到了，他们中的大多数，反而更加自在、更加喜乐。

如果把"名执"、"我执"看成是人间痛苦之源，那么，君子之名也就获得了根本性解决。

但是，无限超脱的老子和佛教也不否认世上有善恶，人间有大道。因此，对于名誉问题，还有一件事要做。

第五，面对他人受诬，应该仗义执言。

如前所述，逸夫毁损君子名声，其实是在毁损社会的公共伦理。发现这一事端的所有君子，除了当事人因身份不便可以豁免外，都应该站出来捍卫公共伦理。就像康德所说的，"勇于在一切公共领域运用理性"。只有这样，社会才能在精神意义上真正有序。这在中国儒家哲学中，称之为"大道之行"、"王道之立"。在佛教中，称之为"无缘大慈，同体大悲"。

身边的某一个君子受诬，看起来是一件小事，其实却侵扰了天下公理，破坏了信用体系，人人都有责任阻止。如果这个诬陷不遏制，那个谣言不揭穿，日积月累，必然是天下公理的倾覆，谁也活不下去。《礼记》里的那段名言应该让所有的君子牢记：

大道之行也，天下为公，选贤与能，讲信修睦。

——《礼记·礼运》

这是中国自古以来追求的美好社会理想，每读一次都让人振奋一次。它指出，一旦施行大道，天下人人有份，因此要选得贤能之士，达到诚实无欺、友爱无伤。按照这个标准,一切君子都应该站出来卫护社会信誉,修护他人尊严。只有这样,才有"天下为公"。时间一长,就有可能达到前面所说的"大道之行","王道之立","无缘大慈,同体大悲"。

由君子之名出发,层层辨析,终于抵达了这么一个宏伟而美好的理想境界,我为这次写作感到高兴。

君子之狱

一、为自己减刑

我经常收到各地读者的来信,多数是谈读书体会的。多少年下来,做了一个统计,来信中谈得最多的,竟然是那篇又短又不著名的《为自己减刑》。发信最多的地方,竟然是监狱。

那篇文章,讲述了已在《门孔》中提过的一件事:我曾写纸条劝说一位被关进监狱的官员,在里边把外语学好。几年后他刑满释放,第一个电话就打给我,说他在监狱里完成了一部重要书籍的翻译。他在电话里的声音,兴高采烈。

不久我见到了他。他穿着牛仔服,挎着照相机,步履轻捷灵敏,看上去比进监狱前年轻了很多。

我想,虽然司法没有给他减刑,他却为自己减了刑,减得所剩无几。

这让我想起了茨威格的小说《象棋的故事》。一个被囚禁的人无所事事,度日如年,偶尔获得一本棋谱后,日子过得飞快。茨威格所写的棋谱,具有广泛的象征意义。这种"棋谱"让人摆脱世俗的时空,进入到一个自设的赛场。

其实，天下种种专业，百般嗜好，都能让人专注投入，紧张求索，忘却周遭，也都是大大小小的"棋谱"。

那位在监狱里学了几年外语的前任官员，外语成了他的"棋谱"。这让他几乎"脱离"了所处的环境，看到的只是一步步战机。于是，自己也就成了将军。

但是，监狱里毕竟容易产生一次次切实的心理痛苦。能够拔离痛苦自任将军，也是一种精神素养。因此我当面表扬那位前任官员："你能做到这样，别的犯人做不到，还是因为你原来的内心格局比较宏大。"

那位前任官员一笑，说："有可能比原来更加宏大。"

"比原来更加宏大？"我有点儿好奇。

"原来的格局，虽然不小，但还是受着职务、权力、人际关系的重重束缚。进了监狱，这些束缚全都没有了，反而可以想一些人生的根本问题，想一想凶吉祸福、是非善恶、轻重虚实，产生了一种被剥除后的宏大。"他说。

他这番话，实在说得很好。不错，只要换一个方位观察就能发现，日常生活中也有很多无形的"高墙"和"铁窗"，因此也可以称之为"另类监狱"。不必说这位前任官员提到的"职务、权力、人际关系"了，即便是官僚体系之外的普通民众，也整天为小小的名利而折腾得精疲力竭，所以中国古语中有"名缰利锁"这种说法，完全把名利看作了捆押罪犯的缰绳和锁链。只不过，这种"罪犯"是自任、自判、自惩、自押的，明明做了"罪犯"还在街市间扬扬得意。

这位前任官员还把自己所获得的健康心态,传播给了其他监友。常有一些官员犯事入监后哭哭啼啼,捶胸顿足,他就轻轻地站到了他们面前。终于,哭声变成了惊口叫:"部长,你……?"

"要算官职,我在外面比你大得多吧?我都那么平静,你还闹腾什么!"

这样的劝说,效果当然很好。

后来,监狱管理部门只要遇到那些过度抑郁的犯人,就会请这位前任官员出来"做思想工作"。

据他自己说,他在里面的一番番开导,比原来在礼堂里给上千人做报告,水平高多了,效果也好多了。

这我相信。

二、狱外之狱

我那篇《为自己减刑》的文章,主要分析了"监狱外的监狱"。这是因为,我当时对读者的设定是在监狱之外。

对于"监狱外的监狱",除了前面所说的"名缰利锁"外,还有很多形态。因此,我要抄录那篇文章里的诸多分析——

> 真正进监狱的人毕竟不多,但是我们经常看到,很多人明

明没有进监狱却把自己关在"心造的监狱"里。

昨天我在公共汽车上见到一位年轻的售票员,一眼就可以看出他非常不喜欢这个职业。懒洋洋地招呼,爱理不理地售票,时不时抬手看着手表,然后满目无聊地看着窗外。我想,这辆公共汽车就是他的监狱,他却不知刑期多久。其实他何不转身把售票当作"棋谱"呢,满心欢喜地让自己投身进去,再释放出来。

对有的人来说,一个仇人也是一座监狱。仇人的一举一动都成了层层铁窗,天天为之而郁闷愤恨、担惊受怕。有人干脆扩而大之,把自己的嫉妒对象也当作了监狱,人家的每项成果都成了自己无法忍受的刑罚,白天黑夜独自煎熬。

那天晚上,他读了一篇同行的文章,狂嫉不已,彻夜失眠。于是,那夜的卧室,就成了监房,而且是芒刺满床的虐囚监房。

听说过去英国人在印度农村抓窃贼时方法十分简单,抓到一个窃贼便在地上画一个圈让他待在里边。抓够了数字,便把他们一个个从圆圈里拉出来排队押走。这真对得上"画地为牢"这个中国成语了,原来,这个成语概括了一种普遍的负面生态。我确实相信,世界上最恐怖的监狱并没有铁窗和围墙。太多的人,都自愿地充当了印度农村的窃贼。而且,那些圈不是英国人画的,全是他们自己画的。

人类的智慧可以在不自由中寻找自由,也可以在自由中设置不自由。环顾四周多少匆忙的行人,眉眼带着一座座监狱在奔走。

舒一舒眉，为自己减刑吧。除了自己，还有谁能让你恢复自由？

三、天命相连

说完了"监狱外的监狱"，我要回过头去，再与监狱里的朋友们好好聊聊。

我不想训诫，也不想安慰，更不想具体辨析案情。这些事，早就有很多人为你们做了，而你们各自的情况也很不相同。我只想从"大历史"、"大文化"的背景上，谈谈监狱这件事。也许，能帮助你们获得较高层次的文化慰藉。

人类走出原始丛林，摆脱动物生态，有一系列关键步伐。例如，发明工具，开始种植，下树居住，学会用火，等等。但是，其中最重要的，是建立秩序。建立秩序的主要办法，是自我惩罚。

人类，因懂得了自我惩罚而走向了文明。法制，就是这种文明的必然果实。

读过我的《行者无疆》吗？我在那本书里写道，横行不羁的北欧海盗为了互相之间的利益冲突而设定了最粗糙的裁决方式。这种裁决的效果，就看惩罚的力度。于是我们看到了，几百年后的今天，北欧终于成了世界上最讲究文明秩序的地区。

因此，只要有人类，就需要有法制。但是，由于人类生态的复杂性、多变性、冲突性、实用性，即使在法制中，也很难公平。法制上的完全公平，永远是一个理想。再好的法制，也只是一种向往公平的努力。

在这个问题上，有一件大事曾经深深刺激了我。第二次世界大战结束后，远东国际军事法庭在东京审判二十余名日本战犯，法官十一名，由中国、英国、美国、苏联、法国、澳大利亚、荷兰、加拿大、新加坡、印度、菲律宾这十一个国家各派一名著名法官组成。照理，那些战犯罪行累累，血债如海，证据如山，举世公愤，而且已经彻底失败，应该不难判决。没想到，在那十一名国际法官间还是阻难重重。投票一再陷于危局，使中国籍的法官几乎要以投海自尽来表达民族的仇冤。后来的判决，票数也很不理想。你看，如此明确的战争结论，如此齐全的法官队伍，居然对滔天大罪还有错判的可能，那么反过来，世上有多少无罪的案子，被错判成有罪？

以我对历史的了解，不能不指出，即便是真正的盛世，也会有大量冤案；即便是最好的法官，也会有很多错判；即便是一时无冤无错，等到事过境迁，又会发生想象不到的变化。

正是由此，构成了亦恒亦变、亦正亦误、亦明亦暗的"监狱文化"。我这里所说的"监狱文化"比较大，并不是指犯人们的文艺活动。

毫无疑问，犯人未必是坏人、恶人、小人。儒家哲学认为："君子小人本无常，行善事则为君子，行恶事则为小人。"（《贞观政要》）按照这种哲学，即便是监狱里的犯人，也随时随地可以成为君子。这就像，处于官场高位的政要，随时随地可以成为小人。

历史上，很多君子都有监狱履历。

且不说那些大臣、将军，只说文化人吧。我在《中国文脉》、《北大授课》等书中写到的那些伟大生命，大半与监狱脱不了干系。

例如司马迁之狱。他在监狱里承受了毁灭人格尊严的酷刑，悲痛欲绝。但正是在这种情况下，他咬着牙齿活了下来，成了奠定千年历史格局的开山之祖，使后代中国永远受惠于历史理性而生生不息。

值得注意的是，他的冤狱，并非出自于恶世昏君，而是由伟大汉代的伟大君主汉武帝一手造成。他出狱后，汉武帝又提拔了他。因此我曾论述，这是两种"伟大"的爱恨相遇。他们两个，缺了谁，都少了那个时代的一大截光辉。

我又写到过嵇康之狱。这是一宗冤案，但嵇康入狱和赴死的过程，都表现得非常漂亮，已被历史永远铭记。那个时代，极其混乱，又极其美丽。嵇康之狱，既充分地展示了它的混乱，又精彩地展示了它的美丽。

我还写到过李白之狱和杜甫之狱。这两座中国诗歌的至高双星，都曾经在监狱里痛苦煎熬。李白是在参加平定"安史之乱"的壮举中不小心卷入了朝廷内部的矛盾，而他却浑然不知。因为是名人，被广大草民自然嫉恨，入狱后曾经发生过"世人皆欲杀"的可怕"舆情"。他侥幸出狱后，只活了四年。杜甫好一点儿，曾被叛军羁押在长安很久，后来冒险逃离，但不久又在朝廷纷争中蒙冤，与死狱擦肩。

令人钦佩的是，诗人的自由可以被剥夺，但无人能剥夺他们的创作权利。人人会背的"朝辞白帝彩云间"，就是李白在获赦脱狱后的第一时间写的。杜甫的"国破山河在，城春草木深"、"香雾云鬟湿，清辉玉臂寒"

等顶级诗句，都写于羁押之时。

我还心怀激动地写到过颜真卿之狱。这位大书法家是在七十四岁高龄时主动请命赴叛将之狱的，目的是想最后一次劝诫叛将。结果正如他自己早就预料的，关押在一个庙里，两年后被缢死。

我说过，这是唐代历史上，也是整个中国历史上最值得敬仰的"文化老英雄"。

我对苏东坡之狱的记述，读过的人很多。这位特别可爱的诗人从逮捕、押解、半途自杀、狱中被打、狱卒同情、狱友诗记，直至他违心认罪，我都做过详细描写。但是，我最重视的是，正是他面对这种种屈辱，明白了自己前半辈子投身官场功名的谬误。他脱胎换骨，孤独地与天地、历史、内心对话，终于成了百代伟人。这真可谓：一场灾祸，造就东坡。

当然，我也写到过文天祥之狱。他是改朝换代期间的重要政治人物，入得狱内，既有忽必烈劝狱，又有民间试图劫狱，一切都惊心动魄。但是，我看上的，是他作为一个末世高官的高尚文化人格。在他内心中，监狱，是成就仁义的最好平台。

总之，当我梳理完中国文脉，就看到浩荡脉络的顶峰英杰，很多都与铁窗风景有过往还。这真说得上巨笔同运，天命相连。

监狱的扩大形式，就是流放。一提到流放那就更多了，从屈原开始，联想到海南五公，联想到东北宁古塔……辽阔无垠的大监狱，困厄着不可计算的大人才。历史的魂魄似乎要在那里流逸不存了，却又在那里陶冶、游荡、扩散。

四、换一种气

监狱,是君子人格的筛选场,贮存地,淬炼处。

对此,刚才提到的文天祥,留下了一份重要的纪实资料。他详细地描述了当时燕京"土室"监狱的真实状态,那实在不是一般人所能居住的地方。但是,文天祥不仅以孱弱之身住了下来,而且一住两年,居然无病无恙。这是为什么?文天祥说,这是正气使然。一股来自天地山河的正气,经由古往今来大量仁人志士的加持,流泻到了自己身上。

且抄录一段他对囚室的描述:

> 予囚北庭,坐一土室。室广八尺,深可四寻。单扉低小,白间短窄,污下而幽暗。当此夏日,诸气萃然。雨潦四集,浮动床几,时则为水气;涂泥半朝,蒸沤历澜,时则为土气;乍晴暴热,风道四塞,时则为日气;檐阴薪爨,助长炎虐,时则为火气;仓腐寄顿,陈陈逼人,时则为米气;骈肩杂沓,腥臊汗垢,时则为人气;或圊溷,或毁尸,或腐鼠,恶气杂出,时则为秽气。叠是数气,当之者鲜不为厉。而予以孱弱,俯仰其间,于兹二年矣,幸而无恙,是殆有养致然。

有了这么一段环境纪实,千古《正气歌》也就可以请出来了。谁能

想象,就在这么恶劣的环境中,出现了如此浩荡开阔的胸怀:

> 天地有正气,杂然赋流形。下则为河岳,上则为日星。于人曰浩然,沛乎塞苍冥。皇路当清夷,含和吐明庭。时穷节乃见,一一垂丹青。
>
> ……
>
> 顾此耿耿在,仰视浮云白。悠悠我心悲,苍天曷有极。哲人日已远,典型在夙昔。风檐展书读,古道照颜色。
>
> ——《正气歌》

中间省略的一大段,正是中国历史上最让人感动的壮士群像。当他们被监狱中的文天祥一一吟颂,监狱也就成了圣贤殿、忠烈祠。在这个意义上,《正气歌》也就是监狱之歌、羁押之歌。至正至浊、至尊至卑、至伟至窄,早就互相对峙,在此狭路相逢。正是在它们的冲撞激荡间,堂堂君子巍然屹立。

借着文天祥,我想对今天监狱里的很多气愤者讲几句话。你们可能确有冤情,该上诉的还应该上诉;但是,总的说来,不要把"气"郁积在具体的案情上,更不要把"气"投注在今后的报复上。要说"气",文天祥的"气"应该更大吧?堂堂丞相,君昏政衰,国恨家仇,又囚虐如此,还不天天气愤怒斥、摧肝裂胆?但他没有。他把一腔怒气、怨气,全都化作了天地正气,平缓浩荡,烟水万里,势不可当。

君子之狱 | 139

可见，同样是"气"，质地一变，境界就截然不同。"气"的质地，我们也就称之为"气质"。何不，换一种"气"？

当天地之气引入心中，那么，所在监狱也真的变成了"君子之狱"。

想想文天祥，就再也不要为这个"狱"字烦闷了。为此，我很想为这个"狱"字做一个文字游戏，用几个同音字来阐释它，替代它。

那么——

"君子之狱"也就是"君子之越"，一种心理超越；

"君子之狱"也就是"君子之跃"，一种人格飞跃；

"君子之狱"也就是"君子之乐"，一种灵修音乐；

"君子之狱"也就是"君子之岳"，一种精神山岳。

五、双向平静

君子之狱的淬炼成果，可以在离开监狱时充分体现。

在我的经验中，除了文本开头提到的那位前任官员外，还有很多对比性的例证。

我在"文革"结束不久就担任了一所高校的领导，又在其他几所高校兼课。当时，有很多在历次政治运动中受难的教师获得平反，回到教育岗位。他们有的曾被囚禁，更多的是在边远地区"劳改"，其实也是另一种囚禁，回来时都已两鬓染霜，都是我的文化长辈。但奇怪的是，他们中有的人能立即开课，广受好评；有的人却萎靡不振，再难工作。其实这两种人，年龄和健康都差不多。

经过仔细询问，我发现，萎靡不振的那些人，几十年来总是在申诉，总是在检讨，总是在生气，总是在自怨。而能够立即开课的那些人则完全不同，不管关押何地，身边总带一部经得起久啃又不犯忌的书，例如《周易》、《楚辞》和康德、罗素的著作之类。知道申诉和检讨没用，因此自己绝不主动去做，反而喜欢学一门比较复杂的技巧活，或学一种少数民族语言。他们绕开了那个恼人的原点，把身心放到了"别处"，放到了"大处"，反而获得安顿。安顿的人生，不会萎靡。

新加坡的首席戏剧家郭宝昆先生是我的好友。他在几十年前因为参加左派政治运动被逮捕，囚禁了很多年。他后来告诉我，自己在监狱中把《莎士比亚全集》英文版啃得烂熟。当时只是为了安神，为了静心，当然，也因为被莎士比亚的巨大魅力所吸引。几年后他出狱，从事戏剧活动得心应手，很快又获得了国家颁发的"总统文化奖"。

使我感兴趣的是，囚禁他和奖励他的，是同一个政府，连领导人也没有换过。颁奖时，政府并没有觉得当初囚禁错了。颁奖电视直播，还把他囚禁的照片一一插播出来。对此，郭宝昆先生也很高兴，可谓"罪我奖我，全都接受"。结果，不管是他自己书写的生平，还是官方发布的生平，都无褒无贬、无怨无气，平静地记录着他的囚禁经历。

我觉得，在郭宝昆之狱上，郭先生和新加坡政府，都很"君子"。

这种双向平静，也许是比较正常的法制生活。

近几年，在中国，一些过去很难想象的事情也逐渐多起来了。例如，我在一座城市遇到一个名字很熟悉的老人，他在监狱里读过我的不少书，也看过我的电视演讲，便主动与我打招呼。他以前从来没有见过我，却不担心我很可能给予的冷眼。可见，他的心理比较放松。

我问他，现在不少市民还认识他，交谈起来，主要说什么。

他说，市民主要是在缅怀，十几年前他掌权时，不堵车。

"那你怎么回答？"我问。

"回答两点。第一，当时还穷，买车的人少；第二，现在堵车，也是当时没规划好。"他说。

我点头。他的回答很好，心态更好。

我们握过手，老人又背着一个照相机，在街道间东张西望、摇摇摆摆地闲逛起来。

我看着他的背影，有点儿高兴。为他，为那些市民，为一种双向平静。

不错，他刚从监狱出来。但监狱并不是正常社会之外的一个孤岛，而是正常社会的一部分。老人很正常，或者说，从不太正常变得正常了。那么我们，也应该从不太正常变得正常。

由此想到，国际上很多杰出的艺术作品，都与监狱有关，并在这一题材上呈现了独特的精神高度和美学高度。相比之下，我们的作品一涉及监狱，总是着眼于惩罚和谴责，这就浅薄了，也可惜了。

希望有更多的大艺术家把锐利而温和的目光投向监狱。艺术家的目光与法学家不同,在他们看来,那并不仅仅是罪和非罪的界线所在,而是人性的敏感地带、边缘地带、极端地带,也是人性的珍稀地带、集聚地带、淬炼地带。

君子未必是艺术家,却迟早能领略艺术家的目光。

——这是我对"君子之狱"的最后一解。

大地小人

一

在论述"君子之道"的整个过程中,我们眼前总会隐隐约约地出现一批又一批的小人。每次出现,都让我们重新敬佩孔子他们的设计,也就是用小人从反面来定义君子。如果用一句通俗的话来表达,那就是:想知道君子是什么样的吗?看小人就知道了。

孔子用一系列对比句式,把君子和小人之间的界线划得清清楚楚。面对这种划分,小人的办法很简单,那就是把自己伪装成君子,再把君子推到小人一边。结果,孔子的那些名言,居然常常从小人口中吐出。这是大君子孔子没有想到的。孔子也许想到了一点,但总觉得众人无可欺,但他不知道,众人太有可能受到欺骗了。

因此,在孔子之后,中国历史上永远活跃着大批奇特的人物。他们作用很大,却很难被辨识、被清除。

造成这样的结果,还有一个学术上的原因,那就是,小人虽然被一次次对比性提及,却几乎没有被系统深入的研究。因为这是一个捉摸不定的群体，研究起来很难，而且，很多君子也不愿意长时间地陷入这一个让人不愉快的泥潭。

今天，就让我壮着胆子，皱着眉头，来弥补这一历史缺漏。

这群人物不是英雄豪杰，也未必是元凶巨恶。他们的社会地位可能极低，也可能很高。就文化程度论，他们可能是文盲，也可能是学者。很难说他们是好人坏人，但由于他们的存在，许多鲜明的历史形象渐渐变得瘫软、迷顿、暴躁，许多简单的历史事件一一变得混沌、暧昧、肮脏，许多祥和的人际关系慢慢变得紧张、尴尬、凶险，许多响亮的历史命题逐个变得黯淡、紊乱、荒唐。

他们起到了如此巨大的作用，但他们并没有明确的政治主张，他们的全部所作所为并没有留下清楚的行为印记，他们绝不想对什么负责，而且确实也无法让他们负责。他们是一团驱之不散又不见痕迹的腐浊之气，他们是一堆飘忽不定的声音和眉眼。

你终于愤怒了，聚集起万钧雷霆准备轰击，没想到这些声音和眉眼也与你在一起愤怒，你突然失去了轰击的对象。你想不予理会，掉过头去，但这股腐浊气却又袅袅地不绝如缕。

我相信，历史上许多钢铸铁浇般的政治家、军事家最终悲怆辞世的时候，最痛恨的不是自己明确的政敌和对手，而是曾经给过自己很多腻耳的佳言和突变的脸色，最终还说不清究竟是敌人还是朋友的那些人物。

处于弥留之际的政治家和军事家颤动着嘴唇艰难地吐出一个词："小

人……"

——不错,小人。这便是我这篇文章要写的主角。

小人是什么?如果说得清定义,他们也就没有那么可恶了。小人是一种很难定位和把握的存在,约略能说的只是,这个"小",既不是指年龄,也不是指地位。小人与小人物,是两码事。

在一本书上看到欧洲的一则往事。数百年来一直亲如一家的一个和睦村庄,突然产生了邻里关系的无穷麻烦,本来一见面都要真诚地道一声"早安"的村民们现在都怒目相向。没过多久,几乎家家户户都成了仇敌,挑衅、殴斗、报复、诅咒天天充斥其间,大家都在想方设法准备逃离这个恐怖的深渊。

可能是教堂的神甫产生了疑惑吧,他花了很多精力调查缘由。终于真相大白,原来不久前刚搬到村子里来的一位巡警的妻子是个爱搬弄是非的长舌妇,全部恶果都来自她不负责任的窃窃私语。村民知道上了当,不再理这个女人,她后来很快搬走了。

但是万万没有想到,村民间的和睦关系再也无法修复。解除了一些误会,澄清了一些谣言,表层关系不再紧张,然而从此以后,人们的笑脸不再自然,即便在礼貌的言辞背后也有一双看不见的疑虑眼睛在晃动。大家很少往来,一到夜间早早地关起门来,谁也不理谁。

我读到这个材料时,事情已过去了几十年。作者写道,直到今天,这个村庄的人际关系还是又僵又涩、不冷不热。

对那个窃窃私语的女人,村民们已经忘记了她讲的具体话语,甚至忘记她的容貌和名字。说她是坏人吧，看重了她，但她实实在在地播下了永远也清除不净的罪恶的种子。说她是故意的吧，那也强化了她，她对这个村庄未必有什么争夺某种权力的企图。说她仅仅是言辞失当吧，那又过于宽恕了她，她做这些坏事带有一种近乎本能的冲动。对于这样的女人，我们所能给予的还是那个词：小人。

小人的生存状态和社会后果，由此可见一斑。

这件欧洲往事因为有前前后后的鲜明对比，有那位神甫的艰苦调查，居然还能寻找到一种答案。然而谁都明白，这在"小人事件"中属于罕例。绝大多数"小人事件"是找不到这样一位神甫、这么一种答案的。我们只要稍稍闭目，想想古往今来、远近左右，有多少大大小小、有形无形的"村落"被小人糟蹋了而找不到事情的首尾？

由此不能不又一次佩服起孔老夫子和其他先秦哲学家来了，他们那么早就浓浓地划出了"君子"和"小人"的界线。诚然，这两个概念有点儿模糊，相互间的内涵和外延都有很大的弹性，但后世大量新创立的社会范畴都未能完全地取代这种古典划分。

孔夫子提供这个划分，是为了弘扬君子、提防小人。但是，后来人们常常为了空洞的目标和眼前的实利淡化这个划分，于是，我们长久地放弃这个划分之后，小人就像失去监视的盗贼、冲决堤岸的洪水，汹涌泛滥。

结果，不愿多说小人的中国历史，小人的阴影反而越来越浓。他们组成了道口路边上密密层层的许多暗角，使得本来就已经十分艰难的民族步履在那里趔趄、错乱，甚至回头转向，或拖地不起。即便是智慧的光亮、勇士的血性，也对这些霉苔斑斑的角落无可奈何。

二

然而，真正伟大的历史学家是不会放过小人的。司马迁在撰写《史记》的时候就发现了这个历史症结，于是在他冷静的叙述中时时迸发出一种激愤。

例如，司马迁写到过发生在公元前五二七年的一件事。那年，楚平王要为自己的儿子娶一门媳妇，选中的姑娘在秦国，于是就派出一名叫费无忌的大夫前去迎娶。费无忌看到姑娘长得极其漂亮，眼睛一转，就开始在半道上动脑筋了。

——我想在这里稍稍打断，与读者一起猜测一下他动的是什么脑筋，这会有助于我们理解小人的行为特征。

看到姑娘漂亮，估计会在太子那里得宠，于是一路上百般奉承，以求留下个好印象。这种脑筋，虽不高尚却也不邪恶，属于寻常世俗心态，不足为奇，算不上我们所说的小人；看到姑娘漂亮，想入非非，企图有所沾染，暗结某种私情。这种脑筋，竟敢把一国的太子当作情敌，简直胆大妄为。但如果付诸实施，倒也算是人生的大手笔；为了情欲无视生命，即便荒唐也不是小人作为。

费无忌动的脑筋完全不同，他认为如此漂亮的姑娘应该献给正当权的楚平王。

尽管太子娶亲的事已经国人皆知，尽管迎娶的车队已经逼近国都，尽管楚宫里的仪式已经准备妥当，费无忌还是骑了一匹快马，抢先直奔王宫。他对楚平王描述了秦国姑娘的美貌，说反正太子此刻与这位姑娘尚未见面，大王何不先娶了她，以后再为太子找一门好的呢？楚平王好色，被费无忌说动了心，但又觉得事关国家社稷的形象和承传，必须小心从事，就重重拜托费无忌一手操办。三下两下，这位原想来做太子妃的姑娘，转眼成了公公楚平王的妃子。

事情说到这儿，我们已经可以分析出小人的几条行为特征了：

其一，小人见不得美好。小人也能发现美好，有时甚至发现得比别人还敏锐，但不可能对美好投以由衷的虔诚。他们总是眯缝着眼睛打量美好事物，眼光时而发红时而发绿，时而死盯时而躲闪，只要一有可能就忍不住要去扰乱、转嫁，竭力作为某种隐潜交易的筹码加以利用。

美好的事物可能遇到各种各样的灾难，但最消受不住的却是小人的作为。不懂美好的那些蒙昧者可能致使明珠暗投，懂得美好的那些强蛮者可能致使玉石俱焚，而小人则鬼鬼祟祟地把一切美事变成丑闻。因此，美好的事物可以埋没于荒草黑夜间，可以展露于江湖莽汉前，却断断不能让小人染指或过眼。

其二，小人见不得权力。不管在什么情况下，小人的注意力总会拐弯抹角地绕向权力的天平；在旁人看来根本绕不通的地方，他们也能飞檐走壁绕进去。他们敢于大胆损害的，一定是没有权力或权力较小的人。

他们表面上是历尽艰险为当权者着想，实际上只想着当权者手上的权力。但作为小人，他们对权力本身并不迷醉，只迷醉权力背后自己有可能得到的利益。因此，乍一看他们是在投靠谁、背叛谁、效忠谁、出卖谁，其实他们压根儿就没有稳定的对象概念，只有实际私利。

其三，小人不怕麻烦。上述这件事，按正常逻辑来考虑，即便想做也会被可怕的麻烦所吓退，但小人是不怕麻烦的。怕麻烦做不了小人，小人就在麻烦中成事。小人知道，越麻烦越容易把事情搞浑，只要自己不怕麻烦，总有怕麻烦的人。当太子终于感受到与秦国姑娘结婚的麻烦时，当大臣们也明确觉悟到阻谏的麻烦时，这件事也就办妥了。

其四，小人办事效率高。小人急于事功又不讲规范，有明明暗暗的障眼法掩盖着，办起事来几乎遇不到阻力，能像游蛇般灵活地把事情迅速搞定。他们善于领会当权者难以启齿的隐忧和私欲，把一切化解在顷刻之间，所以在当权者眼里，他们的效率更是双倍的。有当权者支撑，他们的效率就更高了。费无忌能在为太子迎娶的半道上发起一个改变皇家婚姻方向的骇人行动而居然快速成功，便是例证。

暂且先讲这四项行为特征吧，司马迁对此事的叙述还没有完，让我们顺着他的目光继续看下去——

费无忌办成了这件事，既兴奋又慌张。楚平王越来越宠信他了，这使他满足，但静心一想，这件事上受伤害最深的是太子，而太子是迟早会掌大权的，那今后的日子怎么过呢？

他开始在楚平王耳边递送小话："那件事情之后，太子对我恨之入骨，我自己倒也算不得什么，问题是他对大王您也怨恨起来，万望大王戒备。太子已握兵权，外有诸侯支持，内有他的老师伍奢帮着谋划，说不定哪一天要兵变呢！"

楚平王本来就觉得自己对儿子做了亏心事，儿子一定会有所动作，现在听费无忌一说，心想果不出所料。于是立即下令杀死太子的老师伍奢、伍奢的长子伍尚，进而又要捕杀太子。太子和伍奢的次子伍员，只得逃离楚国。

从此之后，连年的兵火就把楚国包围了。逃离出去的太子是一个拥有兵力的人，自然不会甘心；伍员则发誓要为父兄报仇，曾一再率吴兵伐楚。许多连最粗心的历史学家也不得不关注的著名军事征战，此起彼伏。

然而楚国人民记得，这场弥天大火的最初点燃者是小人费无忌。大家咬牙切齿地用极刑把这个小人处死了，但整个国土早已满目疮痍。

——在这儿我又要插话。顺着事件的发展，我们又可把小人的行为特征延续几项了：

其五，小人不会放过被伤害者。小人在本质上是胆小的，他们的行动方式使他们不必害怕具体操作上的失败，但却不能不害怕报复。设想中的报复者当然是被他们伤害的人，于是他们的使命注定是要连续不断地伤害被伤害者。你如果被小人伤害了一次，那么等着吧，第二次、第三次更大的伤害在等着你。因为不这样做，小人缺少安全感。楚国这件事，受伤害的无疑是太子，费无忌深知这一点，因此就无以安生，必欲置之死地才放心。小人不会怜悯，不会忏悔，只会害怕，但越害怕越凶狠，一条道走到底。

其六，小人总是把自己打扮成弱者。明火执仗的强盗、杀人不眨眼的刽子手是恶人而不是小人，小人没有这份胆气，需要掩饰和躲藏。他们反复向别人解释，自己是天底下受损失最大的人，自己是弱者，弱得不能再弱了，似乎生来就是被别人欺侮的料。在他们企图吞噬别人产权、名誉乃至身家性命的时候，他们甚至会让低沉的喉音、含泪的双眼、颤抖的脸颊、欲说还休的语调一起上阵，逻辑说不圆通时便哽哽咽咽地糊弄过去，你还能不同情？而费无忌式的小人则更进一步，努力把自己打扮成一心为他人、为上司着想而招致祸殃的人，那自然就更值得同情了。职位所致，无可奈何，一头是大王，一头是太子，我小小一个侍臣有什么办法？苦心斡旋却两头受气，真是何苦来哉？——这样的话语，从古到今我们听到的还少吗？

其七，小人永远离不开造谣。小人要借权力者之手或起哄者之口来卫护自己，必须绘声绘色地谎报敌情。费无忌谎报太子和太子的老师企图谋反攻城的情报，便是引起以后巨大灾祸的直接诱因。说谎和造谣是小人的生存本能，但小人多数是有智力的，他们编织的谎言要取信于权势和舆情，必须大体上合乎浅层逻辑，让不习惯实证考察的人一听就立即产生情绪反应。因此，小人的天赋就在于能熟练地使谎言编织得合乎情理。他们是一群有本事诱使伟人和庸人全都沉陷进谎言迷宫而不知回返的能工巧匠。

其八，小人最终控制不了局势。小人精明而缺少远见，因此他们在制造一个个具体的恶果时，并没有想这些恶果最终组接起来将会酿成一个什么样的结局。当他们不断调唆权势和舆情的初期，似乎一切顺着他们的意志在发展，而当权势和舆情终于勃然而起挥洒暴力的时候，连他们也不能不瞠目结舌、骑虎难下了。小人完全控制不了局面，但人们不会忘记他们是这些灾难的最初责任者。平心而论，当楚国一下子陷于邻国攻伐而不得不长年以铁血为生的时候，费无忌也已经束手无策，做不得什么好事也做不得什么坏事了。但最终受极刑的仍然是他，司马迁以巨大的厌恶使之遗臭万年的也是他。小人的悲剧，正在于此。

三

解析一个费无忌，我们便约略触摸到了小人的一些行为特征，但这对了解整个小人世界还是远远不够的。小人，还没有被充分研究。

我理解我的同道，谁也不愿往小人的世界深潜，因为这委实是一件令人气闷乃至恶心的事。既然生活中避小人唯恐不远，为何还要让自己的笔去长时间地沾染他们呢？

但是，回避显然不是办法。既然人们都遇到了这个梦魇却缺少人来呼喊，既然呼喊几下说不定能把梦魇暂时驱除一下，既然暂时的驱除有助于增强人们对于正义的信心，那么，为什么要回避呢？

我认为，小人之为物，不能仅仅看成是个人道德品质的畸形，这是一种历史的需要。

中国式的人治专制隐秘多变,迫切需要一批这样的人物:他们既能诡巧地遮掩隐秘,又能适当地把隐秘装饰一下昭示天下;既能灵活地适应变动,又能庄严地在变动中翻脸不认人;既能从心底里蔑视一切崇高,又能把统治者的心思洗刷成光洁的规范。

这样一批人物,需要有敏锐的感知能力、快速的判断能力、周密的联想能力、有效的操作能力,但却万万不能有稳定的社会理想和个人品格。从这个意义上说,小人不是自然生成的,而是对极权专制体制的填补。

为了极权专制的利益,这些官场小人能够把人之为人的人格基座踩个粉碎,并由此获得一种轻松,不管干什么事都不存在心理障碍。人性、道德、信誉、承诺、盟誓可以一一丢弃,朋友之谊、骨肉之情、羞耻之感、恻隐之心也可以一一抛开,这便是极不自由的专制社会所哺育出来的"自由人"。

这种"自由人"在中国下层社会某些群落获得了呼应。

我所说的这些下层群落不是指穷人,贫穷不等于高尚却也不直接通向邪恶;我甚至不是指强盗,强盗固然邪恶却也有自己的道义规范,否则无以合伙成事、无以长久立足,何况他们时时以生命作为行为的代价;我当然也不是指娼妓,娼妓付出的代价虽然不是生命却也是够痛切的,在人生的绝大多数方面,她们都要比官场小人贞洁。

与官场小人真正呼应得起来的,是社会下层的那样一些低劣群落:恶奴、乞丐、流氓、文痞。

恶奴、乞丐、流氓、文痞一旦窥知堂堂朝廷要员也与自己一般行事处世，也便获得了巨大的鼓舞，成了中国封建社会中最有资格自称"朝中有人"的皇亲国戚。

这种遥相对应产生了一个辽阔的中间地带。一种巨大的小人化、卑劣化运动，在中国大地上出现了。上有朝廷楷模，下有社会根基，那就滋生蔓延吧，有什么力量能够阻挡呢？

那么，就让我们以恶奴型、乞丐型、流氓型、文痞型的分类，再来更仔细地看一看小人。

恶奴型小人：

本来，为人奴仆也是一种社会构成，并没有可羞耻或可炫耀之处。但其中有些人，成了奴仆便依仗主子的声名欺侮别人，主子失势后却又对主子本人恶眼相报，甚至平日在对主子低眉顺眼之时也不时窥测着吞食主子的各种可能。这便是恶奴了，而恶奴则是很典型的一种小人。

谢国桢先生的《明季奴变考》详细叙述了明代末年江南一带仕宦缙绅家奴闹事的情景，其中涉及我们熟悉的张溥、钱谦益、顾炎武、董其昌等文化名人的家奴。这些家奴或是仗势欺人，或是到官府诬告主人，或是鼓噪生事席卷财物，使政治大局本来已经够混乱的时代更加混乱。

为此，孟森先生曾写过一篇《读明季奴变考》的文章，说明这种奴变其实说不上阶级斗争。因为当时江南固然有不少做了奴仆而不甘心的人，却也有很多明明不必做奴仆而一定要做奴仆的人，这便是流行一时的找豪门投靠之风。

本来生活已经挺好，但想依仗豪门以逃避赋税、横行乡里，便成群结队地签订契约卖身为奴。"卖身投靠"这个词就是这样来的。孟森先生说，前一拨奴仆刚刚狠狠地闹过事，后一拨人又乐呵呵地前来投靠为奴，这算什么阶级斗争呢？

乞丐型小人：

　　因一时的灾荒行乞，是值得同情的，但是，把行乞当作一种习惯性职业，进而滋生出一种群体性的心理模式，则必然成为社会公害。

　　乞丐心理模式的基点，在于以自秽、自弱为手段，点滴而又快速地完成着对他人财物的占有。乞丐型小人的心目中没有明确的所有权概念，他们认为世间的一切都不是自己的，又都是自己的。只要舍得牺牲自己的人格形象来获得人们的怜悯，不是自己的东西也可能转换成自己的东西。他们的脚永远踩踏在转换所有权的滑轮上，获得前，语调诚恳让人流泪；获得后，立即翻脸不认人。

　　乞丐一旦成群结帮，谁也不好对付。《清稗类钞·乞丐类》载："江苏之淮、徐、海等处，岁有以逃荒为业者，数百成群，行乞于各州县，且至邻近各省，光绪初为最多。"最古怪的是，这帮浩浩荡荡的乞丐还携带着盖有官印的"护照"，到了一个地方行乞简直成了一种堂堂公务。

　　行完乞，他们又必然会到官府赖求，再盖一个官印，作为向下一站行乞的"签证"。官府虽然也皱眉，但经不住死缠，既是可怜人，行乞又不算犯法，也就一一盖了章。

由这个例证联想开去，生活中只要有人肯下决心用乞丐手法来获得什么，迟早总会达到目的。我在这里要重说一遍，这里其实并不是指真实的乞丐，而是指那种模式：从自我贬低的方式完成所有权的转移。

流氓型小人：

当恶奴型小人终于被最后一位主子所驱逐时，当乞丐型小人终于有一天不愿再扮可怜相时，这就变成了流氓型小人。

《明史》中记述过一个叫曹钦程的人，已经做了吴江知县，还要托人认宦官魏忠贤做父亲，其献媚的态度最后连魏忠贤本人也看不下去了，说他是败类，撤了他的官职。他竟当场表示："君臣之义已绝，父子之恩难忘。"

不久，魏忠贤阴谋败露，曹钦程被算作同党关入死牢。他也没觉得什么，天天在狱中抢掠其他罪犯的伙食，吃得饱饱的。

这个曹钦程，起先无疑是恶奴型小人，但失去主子，到了死牢，便自然地转化为流氓型小人。我做过知县怎么着？照样敢把杀人犯嘴边的饭食抢过来塞进嘴里！你来打吗？我已经咽下肚去了，反正迟早要杀头，还怕打？——人到了这一步，说什么也是多余了。

流氓型小人比其他类型的小人显得活跃。他们像玩杂耍一样交替玩弄着诬陷、偷听、恫吓、欺诈、出尔反尔、背信弃义、引蛇出洞、声东击西等技法，别人被这一切搞得泪血斑斑，他们却谈笑自若，全然不往心里放。

流氓型小人在外部形态上未必像流氓。很可能是高官，也可能有教授的职称。只要在心底里不存在人格底线，在行动上不存在常理控制，就已经进入这种模式。而且他们的年岁也不会太轻，和我们平日所想的"小流氓"有很大不同。他们的所作所为是时间积累的恶果，因此有不少倒是上了一点儿年岁的。谢国桢先生曾经记述明末江苏太仓沙溪一个叫顾慎卿的人，他做过家奴，贩过私盐，也在衙门里混过事，人生历练极为丰富，到老在乡间组织一批无赖子不断骚扰百姓。史书对他的评价是三个字"老而黠"，简洁地概括了一个真正到位的流氓型小人的典型。街市间那些有流氓习气的年轻人并不属于这个范围。

文痞型小人：

当上述各种小人获得一种文化载体或文化面具时，那就成了文痞型小人。

明明是文人却被套上了一个"痞"字，是因为他们的行事方式与市井小痞子有很多共同之处。例如，他们都是以攻击他人作为第一特征；攻击的方式是掷秽泼污，侵犯他人的名誉权；对于自己的劣行即使彻底暴露也绝不道歉，立即转移一个话题永远纠缠下去，如此等等。

但是，文痞型小人毕竟还算文人，懂得伪装自己的文化形象，因此一定把自己打扮得慷慨激昂、疾恶如仇。他们知道当权者最近的心思，也了解当下舆论的热点，总是抛出一个个最吸引众人注意力的话题作为攻击的突破口，顺便让自己成为公众人物。

在古代，血迹斑斑的文字狱的形成，最早的揭发批判者就是他们；在现代，"文革"中无数冤假错案的出现，最早的揭发批判者也是他们；在当代，借用媒体的不良权力一次次围逐文化创造者，致使文化严重滞后的，也是他们。他们不断地引导民众追恶寻恶，而最大的恶恰恰正是他们自己。

我曾经做过几次试验，让一些见识较广的文化人来排列古代、现代、当代的文痞型小人名单，结果居然高度一致，可见要识破他们并不难。但是，在当今中国，文痞型小人仍然特别具有欺骗性和破坏性，因为他们利用广大民众对于文化的茫然、对于公众媒体的迷信，把其他类型小人的局部恶浊装潢成了一种广泛的社会污染。因此，他们是所有小人中最恶劣的一群。

文痞型小人，在中国古代主要体现为两种人，一种是文字狱的举报者，一种是玩弄官司的讼棍。他们的共同特征，是凭借文字能力，撬动权力之刀，来害人。到了近代社会，文痞型小人的主要活动场所，是传媒。因此，他们也就变成了"小报记者"、"版面达人"、"专栏匕首"、"文化毒舌"……由于媒体越来越大的传播力，因此这些文痞型小人显得非常强大。

上海是近代以来中国传媒的集中地，因此也是这种人物的盛产地。据历史学家唐振常先生分析，连"四人帮"里的张春桥、姚文元，也是最典型的上海文痞。这种文痞在日常生活中的主要功能，是让一切文化创造者永远不舒服，却又很难起诉他们，只能渐渐离开。唐振常先生说，上海本应集中更多的文化大才而终于流失，都与这批人有关。这批人，现在很可能都有了像样的职位和身份，但看他们的基本行为，仍然是文痞型小人。

我在上海的时间长，经常遭遇到这批人，深知对他们只能愤恨，却很难反击。例如我曾对北大学生讲过，上海有文人在媒体上说，我并没有向地震灾区捐献二十万元，闹成全国性的声讨，但后来一查，我和妻子第一次就捐献了五十万元，那人就笑着说了："我早就说了吧，不是二十万元！"又如，另一个上海文人到处说我和妻子"已经离了"，扩大成了全国性的谣言，后来有人发现我们夫妻关系非常稳定，前去质问，他辩解道："我说离了，是指他们都离开了原来的职位。"又如，还有一个上海文人在传媒上不断说我从事过"文革写作"，后来证明我当时是勇敢地潜入外文书库编写《世界戏剧学》，那人就说："抱歉，我不懂外文，以为他在写别的。"还有一个大家都知道的上海文人在媒体上大篇幅"揭露"我的书中有很多"文史差错"，又有"抄袭嫌疑"，海内外一片哗然，但终于有记者查验了实际文本后向他质问，他居然笑着说："我粗心了，写文章的时候用了一点想象，有点想当然。"

这些人，我如果把他们告上法庭，法官还没有开口，他们已经频频向我鞠躬道歉了。这就是典型的"上海特色文痞型小人"。

不管是不是在上海，要分辨文痞型小人，一是看他们是否创造过拿得出手的文化作品；二是看他们是否老是惦记着折腾别人；三是看他们是否还心存羞耻感。

四

值得深思的是，有不少小人并没有什么权力背景、组织能力和敢死精神，为什么正常的社会群体对他们也失去了防御能力？如果我们不把责任全部推给此前的专制王朝，在我们身边是否也能找到一点儿原因？

好像能找到一些。

第一，观念上的缺陷

不知从什么时候开始，我们社会上特别痛恨的都不是各种类型的小人。我们痛恨口出狂言的青年，我们痛恨极端的激进派或保守派，我们痛恨跋扈、妖惑、酸腐、固执，我们痛恨这痛恨那，却不会痛恨那些没有立场的游魂、转瞬即逝的笑脸、无法验证的美言、无可检收的许诺。

很长时间我们都以某种意识形态的立场决定自己的情感投向，而小人在这方面是无可无不可的，因此容易同时讨好两面，至少被两面都看成中间状态的友邻。

我们厌恶愚昧，小人智商不低；我们厌恶野蛮，小人在多数情况下不干血淋淋的蠢事。结果，我们苛刻地警惕着各色人等，却独独把小人给放过了。

第二，情感上的牵扯

小人是善于做情感游戏的，这对很多劳于事功而深感寂寞的好人来说正中下怀。

在这个问题上小人与正常人的区别是：正常人的情感交往是以袒示自我的内心开始的，小人的情感游戏是以揣摩对方的需要开始的。小人往往揣摩得很准，人们一下就进入了他们的陷阱，误认他们为知己。小人就是那种没有一个真正的朋友却曾有很多人把他误认为知己的人。

到后来，人们也会渐渐识破他们的真相，但既有旧情牵连，不好骤然翻脸。

我觉得中国历史上特别能在情感的迷魂阵中识别小人的是两大名相：管仲和王安石。他们的千古贤名，有一半就在于他们对小人的防范上。

管仲辅佐齐桓公时，齐桓公很感动地对他说："我身边有三个对我最忠心的人，一个为了侍候我自愿做太监，把自己阉割了；一个来做我的臣子后整整十五年没有回家看过父母；另一个更厉害，为了给我滋补身体居然把自己儿子杀了做成羹给我吃！"

管仲听罢便说："这些人不可亲近，他们的作为全部违反人的正常感情，怎么还谈得上对你的忠诚？"齐桓公听了管仲的话，把这三个小人赶出了朝廷。

管仲死后，这三个小人卷土重来，果然闹得天翻地覆。

王安石一生更是遇到很多小人，难于尽举，给我印象最深的是谏议大夫程师孟，他有一天竟然对王安石说，他目前最恨的是自己身体越来越好，而自己的内心却想早死。王安石很奇怪，问他为什么，他说："我先死，您就会给我写墓志铭，好流传后世了。"

王安石一听就掂出了这个人的人格重量，不再理会。

只有像管仲、王安石这样，小人们所布下的情感迷魂阵才能破除；但对很多人物来说，几句好话一听心肠就软，小人要俘虏他们易如反掌。

第三，心态上的恐惧

小人和善良人往往有一段或短或长的情谊上的"蜜月期"。当善良人开始有所识破的时候，小人的撒泼期也就来到了。

平心而论，对于小人的撒泼，多数人是害怕的。小人不管实际上胆子有多小，撒起泼来却有一种玩命的表象。好人虽然不见得都怕死，但死也要死在像样的地方；与小人玩命，他先泼你一身脏水，把是非颠倒得让你成为他的同类，就像拉进一个泥潭翻滚得谁的面目也看不清，这样的死法多窝囊！

在现代，这样的小人特别喜欢与他们所糟践的文化名人对簿公堂。由于他们擅长在传媒间纵横捭阖，结果，总是在一片尘污恶臭中让他们与文化名人一起出名。

因此，小人们用他们的肮脏，摆开了一个比世界上任何真正的战场都令人恐怖的混乱方阵，使再勇猛的斗士都只能退避三舍。

在很多情况下小人不是与你格斗而是与你死缠。他们知道你没有这般时间、这般口舌、这般耐心、这般情绪，他们知道你即使发火也有熄火的时候，只要继续缠下去总会有你的意志到达极限的一刻。他们也许看到过古希腊的著名雕塑《拉奥孔》，那对强劲的父子被滑腻腻的长蛇终于缠到连呼号都发不出声音的地步。想想那尊雕塑吧，你能不怕？

有没有法律管小人？很难。小人基本上不犯法。这便是小人更让人感到可怕的地方。《水浒传》中的无赖小人牛二缠上了英雄杨志，杨志一躲再躲也躲不开，只能把他杀了，但犯法的是杨志，不是牛二。

小人用卑微的生命粘贴住一具高贵的生命，高贵的生命之所以高贵就在于受不得污辱，然而高贵的生命不想受污辱就得付出生命的代价，一旦付出代价后人们才发现生命的天平严重失衡。

这种失衡又倒过来在社会上普及着新的恐惧：与小人较劲犯不着。中国社会流行的那句俗语"我惹不起，总躲得起吧"实在充满了无数次失败后的无奈情绪。谁都明白，这句话所说的不是躲盗贼，不是躲灾害，而是躲小人。好人都躲着小人，久而久之，小人被一些无知者羡慕，他们的队伍扩大了。

第四，策略上的失误

中国历史上很多不错的人物在对待小人的问题上每每产生策略上的失误。失误的起点是，在"道"与"术"的关系上，他们虽然崇仰道，但因为整个体制的束缚，无法真正行道，最终都垂青于术，名为韬略，实为政治实用主义。

这种政治实用主义的一大特征，就是用小人的手段来对付政敌。这样做初看颇有实效，其实后果严重。政敌未必是小人，利用小人对付政敌，在某种意义上是利用小人扑灭政见不同的君子，在文明构建上是一大损失。

如果是利用小人来对付小人，那就会使被利用的那拨小人处于被弘扬的地位，一旦成功，小人的思维方式和行为逻辑将邀功论赏、发扬光大。

中国历史上许多英明君主、贤达臣将往往在此处失误。他们获得了具体的胜利，但胜利果实上充满了小人灌注的毒汁。他们只问果实属于谁而不计果实的性质。因此，无数次即便是好人的成功，也未必能构成文明的积累。

第五，灵魂上的对应

有不少人，就整体而言不能算是小人，但在特定的情势和境遇下，灵魂深处也会悄然渗透出一点儿小人情绪，这就与小人们的作为对应起来了，成为小人闹事的帮手和起哄者。

小人们所散布的谣言和谎言，为什么有那么大的市场？按照正常的理性判断，大多数谣言是很容易识破的，但居然会被智力并不太低的人大规模传播，原因只能说是传播者对谣言有一种潜在的需要。事实上，社会上很多人对谣言都有一种潜在需要，除了满足好奇心的潜在需要，更有以他人的麻烦来填补自己内心空缺的潜在需要。

只要想一想历来被谣诼攻击的对象，大多是那些有理由被别人暗暗嫉妒却没有理由被公开诋毁的人物，我们就可明白其中的奥秘了。谣言为传谣、信谣者而设。按接受美学的观点，谣言的生命扎根于传谣、信谣者的心底。如果没有这个根，任何一个谣言就会像小儿梦呓、腐叟胡诌，会有什么社会影响呢？

一切正常人都会有失落的时候，失落中很容易滋长嫉妒情绪，一听到某个得意者有什么问题，心里立即获得了某种窃窃自喜的平衡，也不管起码的常识和逻辑，也不做任何调查和印证，立即一哄而起，形成围啄。

更有一些人，平日一直遗憾自己在名望和道义上的干瘪，一旦小人提供一个机会，能使自己在攻击别人过程中获得这种补偿，也会在犹豫再三之后探头探脑地出来，成为小人的同伙。

如果仅止于内心的少些需要试图满足，这样的陷落也是有限度的，良知的警觉会使他们拔身而走。但也有一些人，开始只是某种内心对立而已，而一旦与小人合伴成事后又自恃自傲，良知麻木，越沉越深，那他们也就成了地地道道的小人而难以救药了。

从这层意义上说，小人最隐秘的土壤，其实在我们每个人的内心。即便是吃够了小人苦头的人，一不留神也会在自己的某个精神角落为小人挪出空地。

五

那么，到底应该怎么办呢？

显然没有消解小人的良方。在这个问题上，我们能做的事情很少。

我认为，最根本的是要不断扩大君子的队伍，改变君子和小人的数量对比。一定需要有一批人成为比较纯粹的君子，而不受任何小人生态的诱惑。

君子的古代标准,也就是他们与小人的原始区别,我们的祖先早有教导,例如我在前文仔细讲述过的"君子怀德"、"君子坦荡荡"、"君子求诸己"、"君子成人之美"、"君子和而不同"、"君子周而不比",等等。这些教导,对君子的风范、目标和生态做了经典描述。君子的现代标准,就要在这个基础上增加一系列全人类公认的价值标准,诸如人权、人道、民主、自由、互助、慈善、环保,等等,并由此展现出更加关爱苍生、牺牲自我、温和坚毅、光明磊落的风范。

真正的君子行迹,是一种极其美好的人生体验。只要认真投入,很快就能发现,自己什么也不害怕了。过去想做君子而犹豫,不就是害怕小人吗?一旦成了真君子,这种担忧就不再存在。

不再害怕我们害怕过的一切。不再害怕众口铄金,不再害怕招腥惹臭,不再害怕群蝇成阵,不再害怕阴沟暗道,不再害怕那种时时企盼着新的整人运动的饥渴眼光,不怕偷听,不怕恐吓,不怕狞笑,只以更明确、更响亮的方式,在人格、人品上昭示出高贵和低贱的界限。

此外,有一件具体的事可做。我主张大家一起来认真研究一下从历史到现实的小人问题,把这个问题集中谈下去,用多种方式来谈,用戏剧,用电影,用小说,用论文,用讲座,细细地分析,生动地展示,这对全社会认识小人,总有好处。

想起了写《吝啬鬼》的莫里哀。他从来没有想过要根治人类身上自古以来就存在的吝啬这个老毛病,但他在剧中把吝啬解剖得那么透彻、那么辛辣、那么具体，使人们以后再遇到吝啬，或者自己心底再产生吝啬的时候，猛然觉得在哪里见过，于是，剧场的笑声也会在他们耳边重新响起。那么多人的笑声使他们明白人类良知水平上的是非。他们在笑声中莞尔了，正常的人性也就悄悄地上升了一小格。

吝啬的毛病比我所说的小人问题轻微得多。鉴于小人对我们民族昨天和今天的严重荼毒，微薄如我们，能不能像莫里哀一样把小人的行为举止、心理方式用最普及的方法袒示于世，然后让人们略有所悟呢？

研究小人是为了看清小人，给他们定位，以免他们继续以无序的方式出现在我们生活的各时各处，使人们难以招架。研究仅止于研究，尽量不要与他们争吵。争吵使他们加重，研究使他们失重。

虽然小人尚未定义，但我看到了一个与小人有关的定义。一位美国学者说：

> 所谓伟大的时代，也就是大家都不把小人放在眼里的时代。

这个定义十分精彩。小人总有，但他们的地位与时代本身的重量成反比。既然专制极权和政治乱世造就了小人，既然庸众意识和恐惧心理助长了小人，那么，如果出现了一种强大的精神气压，使小人在社会上从中心退到旁侧、从高位降到低位、从主宰变成赘余，这个时代已经在问鼎伟大。

时间会不会总是与小人站在一起？未必。快速推进的时代节奏，无限开阔的全球视野，渐渐使很多小人的行为越来越失去效用。前几年还在闹腾的事件，现在一看全变成了笑话。尤其是那些以折腾人著称的所谓"大批判专家"、"揭秘高手"，连名字也完全被人们淡忘。

但是，我们的时代与伟大显然还有距离。大家发现没有，精神文化的创造者其实不少，却仍然被小人啃噬着。中国民众固然已经厌烦小人了，但是，以往很多年被小人扯来扯去的视线，至今还没有恢复仰望精神文化的功能。结果，虽然小人被冷落了，但是精神文化也被冷落着。

我相信，这种双向冷落只是一个暂时的过程。

最后我必须补充一个观点才能结束本文，那就是：尽管小人在整体上祸害久远，但就他们的个体生命而言，大多也是可怜人，包括其中最令人厌烦的文痞型小人，无非也就是一些喝了"狼奶"的失败者和抑郁者。他们，还有被拯救的可能。

冷落他们，搁置他们，然后拯救他们，这便是当今君子的责任。

说到底，他们是在一个缺少关爱的环境里长大的一群，因此也应该受到关爱。我们鄙弃的，是他们以往的作恶方式，以及他们在历史上的集合状态。

君子佛心

说明

中国的儒家君子，在佛教传入之后，很少不受影响。

开始，佛教最为通俗的"出家"理念，显然与儒家以家庭伦理为基础的道统产生了矛盾，很难被很多君子接受。但在中唐之后，随着社会动乱所带来的幻灭感，以及儒家"治国平天下"的目标在人生实践中的失败，很多君子先后产生了从彼岸世界寻求解脱的向往，因此佛教成了他们的精神支撑。同时，他们也从学理上发现，佛教在终极思维的高度上，以及宏观思维的严密上，又超越了儒学。因此，渐渐流行起"禅悦"之风。在很多君子身上，出现了"儒佛互补"的结构。后来朱熹、王阳明等人革新儒学，也包含着儒学在承受佛教冲击后的反思。因此，本书在通解君子之道的时候，又必须加入了一篇对佛教的研修笔记。更深入的研修，可读《修行三阶》一书。

本文是从佛教最简明也最核心的经典《心经》入门，都进行阐释的。正是这个入门，撼动了无数君子的襟怀。

一、菩提树下

在二十世纪即将结束的那半年，我贴地历险数万公里，考察了目前世界上最辽阔的恐怖地区。这些地区，恰恰又是人类文明发展最悠久、最辉煌的"教科书地带"。直到今天，世界各地的历史课程，仍在歌颂着那里曾经发生过的丰功伟绩。

但是，显而易见，各自的丰功伟绩又堆积成了仇恨的遗墟，天天滋生着炮火、灾难和血泪。我发现，在那里，历史和地理在进行着频繁的转换：互相仇恨的历史变成互相仇恨的地理，而这样的地理又会延绵成今后的历史。

我想，这就是双重地狱，时间的地狱和空间的地狱。我居然在世纪之交亲临实感，不能不对人类的前途产生极大的悲观。

地狱的起因，各方都可以说得连篇累牍，但最终的共同理由却很简单，那就是：对立太多，争夺太多，欲望太多，仇恨太多。

冲突的各方都指着对手的鼻子滔滔怒斥，其实，各方的毛病大同小异。

就在这种悲观中，我风尘仆仆地赶到了印度的菩提伽耶，找到了那棵菩提树。

不错，就是佛陀释迦牟尼开悟的那个地方。经过很多佛教学者考证，地点应该准确无误。时隔两千多年，当然已经不是那棵树了，但由于历代信徒们的努力，那棵树的树种被一次次保留、供奉、再生，直接系脉也准确无误。那天，从世界各地赶来在树下打坐的僧侣有几十名，我有幸挤进去，打坐了很长时间。

佛陀当年也是面对着无尽的灾难而寻求解脱，先在一个山洞苦修了很多年，没有满意的成果，才来到菩提树下。他苦修的那个山洞我也找到了，不难推想出当年他苦修的程度之深。那么，他终于下山开悟在菩提树下，究竟悟到了什么？

更重要的是，他的悟，为什么能够衍化成世界三大宗教之一，而在中国又成了影响最大、信众最多的宗教？

这是许许多多佛学著作研究的课题，所留经论已渺如烟海。但是我相信，任何开悟，都不可能以学究方式达到。恰恰相反，一定是对学究方式的摆脱。

那天在菩提树下，我想摆脱一切知识沉淀，只用省俭的方式找到那个最简明的精神支点。

而且，我相信，找到没找到，就看那个精神支点能否有效地作用于当下。

据说，佛陀在菩提树下开悟后，抬头看到天上一颗明亮的星。

他从菩提树下站起，去了鹿野苑。我也踩着他两千多年的脚印，去了那里。他在鹿野苑，先不讲彼岸，只讲此岸。先不讲天堂，只讲地狱。

讲清了此岸，彼岸就出现了；讲清了地狱，天堂就呈示了。

他讲了很多很多，弟子们记了很多很多，终于构成了宏大的精神构建，传之广远。

在这宏大的精神构建中，最为精练简短的经文要数《心经》了吧？我曾经恭敬地抄录过《心经》很多遍，今天想从中取用一些关键词汇，来描述佛陀的重大指点，以及这种指点的现代性。感谢鸠摩罗什和玄奘法师，把这些汉字选择得那么准确，又灌注得那么宏富。

二、缘起性空

《心经》的第一个字"观"，是指直接观察，可谓之"直观"。"直观"也就是"正视"，经由"直观"和"正视"，产生"正见"和"正觉"。

玄深的佛教，居然从"直观"和"正视"开始，可能会让后代学者诧异。但是，天下真正深刻的学说，本应该具有最直接的起点。深刻，不是因为能缠绕，而是因为能"看破"。因此，"看"是关键。

我钻研过世界上自古至今各种经典，发现它们的高低之别，不在于构架、概念、阵仗，而在于是否保留着那副能够"直观"和"看破"的眼神。有的学说，在初创时期还保留着，但随着后代的层层伸发，越来越云遮雾罩，那种眼神不见了，因此也就降低了品级，往往是体量渐大，格局渐小。佛教也出现过这种现象，幸好在佛陀释迦牟尼那里，"直观"得非常锐利。

佛陀"直观"人生真相，发现的一个关键字是"苦"。

生、老、病、死、别、离，一生坎坷，都通向苦。为了躲避苦，害怕苦，转嫁苦，人们不得不竞争、奋斗、挣扎、梦想、恐惧，结果总是苦上加苦。

那么，再直观一下，苦的最初根源是什么？佛陀发现，所有的苦，追根溯源，都来自于种种欲望和追求。那就必须进一步直观了：欲望和追求究竟是什么东西？它们值得大家为之而苦不堪言吗？

在这个思维关口上，不同等级的智者会做出三种完全不同的回答。

低层智者会教导人们如何以机谋来击败别人，满足欲望和追求；中层智者会教导人们如何以勤奋来积累成绩，实现欲望和追求；高层智者则会教导人们如何以时代为选择标准，提升欲望和追求。

佛陀远远高出于他们。既高出于低层、中层，也高出于高层。他对欲望和追求本身进行直观，然后告诉众人，可能一切都搞错了。大家认为最值得盼望和追慕的东西，看似真实，却并非真实。因此，他不能不从万事万物的本性上来做出彻底判断了。

终于，他用一个字建立了支点：空。

空，对佛教极为重要。甚至，历来人们都已习惯把佛门说成是"空门"。

空，是一个常用汉字，很容易被浅陋理解。佛陀的本意很深刻，他认为，世间的一切物态现象和身心现象，都空而不实，似有实无。

《心经》用一个"色"字来代表物态现象，又用一个"蕴"字来代表身心现象。"色"有多种，"蕴"也有多种，但都是空。

《心经》一上来就说："五蕴皆空"。这个"五"，包括万象。

《心经》最著名的回转句式是："色不异空，空不异色；色即是空，空即是色。"来回强调，让人不能不记住，一切物态现象与空无异。《心经》紧接着又说"受想行识，亦复如是"，那是在包抄身心现象了。

从这样的语言方式，可以知道佛教在这个根本问题上的果决透彻，不留缝隙。

为什么万事万物皆是空？对此，佛教并不满足于宣布结论，而是进入了深层解答，表现出一种少有的学理诚恳。

佛教认为，判断万事万物皆是空，是因为万事万物都因远远近近各种关系的偶然组合而生成。佛教把关系说成是"缘"，把组合说成是"起"，于是有了"缘起"的说法。

由于万事万物都是这么来的，而不是各自独立的原生实体，因此不可能具有真实而稳定的自我本性。所有的本性，都只能指向空。把这两层意思加在一起，就构成了四个重要的字："缘起性空"。在汉传佛典中，这四个字具有透视世界的基础地位。

缘起性空，从根本上改变了人们的固化思维，把僵滞的世界图像一下子激活了。

我想借用一个美好的例子，来加以说明。

例如，我们低头，看脚边这一脉水，它从何而来？它的"缘起"，就有无数偶然的关系。来源，是一条条山溪，越过了一重重山坡；但山溪里的水又怎么生成？那就会追及一朵朵云，一阵阵雨；那么，云从何而来？又如何变成了雨？而这山坡又是怎么产生的？……

还可以再进一步问，这水会一直保持自己的本性吗？它会被树木吸收，也会因天气蒸发，那它还算是水吗？吸收它的树木，可能枯朽成泥，也可能砍伐成器。器迟早会坏，变成柴火，一烧而汽化。那么，以前每一个阶段的"性"又在哪里？

这个过程，大致能说明"缘起性空"的部分意涵。

世间绝大多数民众由于身心局限，只能从"缘起性空"的大过程中截取一些小小的片段，将它们划界定性，然后与其他片段切割、对比、较劲、争斗、互毁、互伤，造成一系列障碍和恐怖。世界的灾难，都由此而生。因此，"缘起性空"的惊醒，有救世之功。

但是，这种惊醒很难，因为多数民众已在固化片段中安身立命、自得其乐。他们把暂且的"拥有"当作了天经地义，听说是"缘起"已经觉得失去了历史，听说是"性空"更觉得失去未来了。

"缘起"？他们摇头。难道此刻实实在在握在手上的一切，不是家传、命定、天赐，而只是云霓乍接、天光偶合？

"性空"？他们摇头。难道此刻确定无疑归于自己的一切，不是实体、实价、实重，而只是一种暂挂名下的心理安慰？

对此我想多说几句。

我看到不少书籍在解释"空"和"性空"的时候，喜欢用这样一些词语：转瞬即逝、多而必失、富而难守、高而必跌、时过境迁、物换星移……。这并没有完全说错，却是浅解。照佛陀的意思，即便在未逝、未失、未跌、未迁之时，就已经是"空"了。因此，不是"易空"，而是"性空"，即本质之"空"。拥有之时，已"空"。

佛教对于一位巨富，并不是预告他"财产不永"，而是启迪他此时此刻也不是实有。同样，佛教也不是告诫一位高官，会"空"在退休或罢免之后，而是提醒他，在未退未罢的今天，权位的本性也是"空"。

我们不妨用一个最温和的例子,来说明"拥有"之空。

且说一位教师,他对学生的"拥有"就很不真实。任何学生,一生都重叠着无数社会角色,"学生"只是他们早年的一个薄薄片段,而且他们总会面对很多学校,很多教师,很多课程。这个教师教了这门课,那要问:用的是什么教科书?这教科书是谁编的?内容有多少与编者本人有关?教师和编者又有什么关系?教的内容,学生接受了多少?丢弃了多少?接受的,后来忘记了多少?没有忘记的,对他的人生是障碍还是助益?……这一连串浅浅的问题,说明教师对学生的"拥有",在极大程度上是"假有"。教师的职业,在社会依存度和信赖度上都远远高于富人和官员,连这个职业都是如此,更不待说其他了。

以一个"空"字道破一切,是不是很悲哀呢?

不是这样。

人世间确实为脆弱和虚荣的人群设置了一系列栏杆和缆绳,道破它们的易断和不实,一开始也许会让人若有所失,深感惶恐。其实,让脆弱暴露脆弱,让空虚展现空虚,让生命回归生命,反而会带来根本的轻松和安全。

空,是一种无绳、无索、无栏、无墙、无羁、无绊的自由状态。好像什么都没有了,又好像什么都有了。在空的世界,有和没有,是同一件事。只不过,以空为识,获得洞见,就不一样了。有和没有,也都进入了觉者的境界。

我想用中国古人的一句名言"四海之内皆兄弟",来解释空。你看,既然是"四海之内",那就把地域放空了,把邦国放空了,把故乡放空了,把家庭也放空了。这一系列的放空,使胸襟无限扩大,可谓气吞山河。好像是一层又一层的失去,却是一层高于一层的俯视。在如此辽阔的精神天地中,"兄弟"也是一个空概念,因为早已突破了原来的血亲关系。原来的血亲兄弟一遇到这个大概念,也就抽去了封闭性和排他性,不再固化。可见,正是这个空概念的"兄弟",使人类世界亲如一家。空,因撤除界限而通向了伟大。"四海之内皆兄弟"这话,在佛教传入之前就在中国流传了,却符合了佛教精神。

中国还有一句俗语,叫"退一步海阔天空"。在各种对峙、冲突中,这句话的效果百试不爽,而对人的心理慰藉更是无与伦比。"海阔天空"中的"空",虽是文学修辞,却符合佛教本义。试想,"退一步"就能如此开阔了,多退几步又会如何呢?应该明白,这里所谓的退,并不是消极的退让,而是对事物空性的逼近。原来那种鼻子对鼻子、剑戟对剑戟的"狠劲",其实都是迷误。在这个意义上,空,是一种因放弃、删除、减负之后产生的美好境界。

对于这一点,我忍不住还要从美学上加添几句。东方诗画中的"空境",是"上上胜境"。"空即是色"的道理,在东方美学中获得过最佳印证。但这不仅仅属于东方,属于中国。英国戏剧家彼得·布鲁克(Peter Brook)所著《空的空间》(*The Empty Space*),正是在呼唤一种新世纪的"性空美学"。这种美学,主张让出无边的空间,创造无边感受。

无边界，无束缚，无限制，流动不定，幻化无穷。此为美学大道，在当代功利世界已经很难见到。未料，前不久，居然在俄罗斯举办的索契冬奥会的开幕式上隆重领略，喜叹大美未亡，也让我对俄罗斯的美学潜藏重新高看一眼。

三、那些否定

空，是一个坐标。由它一比，世间很多重大的物态、心态、生态，都由重变轻，由大变小，甚至变得没有意义了。

因此，要阐释空，仰望空，逼近空，触及空，必须运用一系列的减除之法、断灭之法、否定之法。

《心经》虽然简短，却用了大量的否定词，例如"不"和"无"的整齐排列。确实，只有经过"不"和"无"的大扫除，才能真正开拓出"空"的空间。

先说"不"。

《心经》说，在空相中，"不生不灭、不垢不净、不增不减"。我把这几个"不"，都翻译成了"无所谓"，即"无所谓诞生和灭亡，无所谓污垢和洁净，无所谓增加和减少"。这里的"无所谓"，不是没有。事实上，生和灭、垢和净、增和减还是存在的，但没有绝对意义，也没有固定差异。

生是灭的开始，因此生中隐含着灭。反之，灭中又包含着生，或启动着另一番生。因此，没有纯粹的生，也没有纯粹的灭。它们之间，并不是彻底对立。

垢和净也是一样。"水至清则无鱼"，净和垢历来并存，只是比例变动而已。而且，大净中很可能潜伏着大垢，"含剧毒而无迹"；大垢中也可能隐藏着大净，"出淤泥而不染"。

增和减更难判定。似增实减、似减实增的情形，比比皆是。结果，增也无所谓增，减也无所谓减，非增非减，不增不减，归之于空。

总之，空门，就是打通之门。把生和灭之间的门打通，把垢和净之间的门打通，把增和减之间的门打通，打通了，也就进入了"空门"。空的最常见障碍，是一座座关着的门。关着的门，就是强行切割之门，互相觊觎之门，自寻烦恼之门。因此，《心经》对这些关着的门，说了那么多"不"，要它们全部打通。

《心经》用得最多的否定字，是"无"。

在空的世界，各种障碍都要接受"无"的荡涤。大致有以下几种——

第一种，荡涤感觉障碍。 人们常常会相信"眼见为实"、"亲耳听到"、"亲口尝过"，而佛教则对人的感觉保持怀疑。直接感觉到的一切，极有可能是表象、暂象、假象。因此《心经》指出，从受、想、行、识、眼、耳、鼻、舌、身、意、色、声、香、味、触、法等等感觉系统所带来的不同心理感受，都不可完全信赖，都不要过于在乎，甚至都可以视之为无。这也说明，"看破"之"看"，与一般的视觉，并不相同。

第二种，荡涤界限障碍。人们走上感觉误区之后，又会设置很多界限，作为认识世界的栏杆和台阶。其实这些界限都是心造的，实际并不存在。《心经》里所说的"无眼界，乃至无意识界"，也就是指从最初的视觉到最后的意识，人们划出很多界限，都应该撤除。世上很多学者和行政官员一直以"划界"作为自己的行为主轴，其实都是在做分化世界的事情。在佛教看来，所有的划界有时是需要的，但说到底还是在设置障碍。因此，也要视界为无。

第三种，荡涤生存障碍。很多智者和哲人，老是在研究人类生存的很多麻烦课题。例如，明白和愚黯，衰老和死亡，痛苦和灭亡，机智和收获，等等。佛教认为，这些问题没有归向，无从解决，因此也就无法成立。《心经》所说的"无无明，亦无无明尽，乃至无老死，亦无老死尽，无苦集灭道，无智亦无得"，那么重要的一系列难题，答案都是"无"。历来都是人类生存的大课题。明黯老死，似乎更是关及生存等级。《心经》认为没有这种等级，也不应期待这些问题的解决。自认的机智和收获，更没有着眼的必要。当这些人人都很看重的思维山峦都归之于无，空的境界才能真正出现。

那么多"无"，概括起来也就是"无常"。"无常"二字，对世界的种种固定性、规律性、必然性、周期性、逻辑性提出了根本的怀疑。因此，正是"无常"，可以排除一系列障碍。无常，初一听让人心神不定。但是，当它宣布，原来让人心神安定的那些"规律"和"必然"都不可靠，人们的心神也就会在搁置"小安定"后获得"大安定"。

既然整体是无常，那就不要那么多预测、判断、分析了。来什么就是什么，当下面对，即时处理。这也就是说，从"失去依靠"走向了"不必依靠"。

因无常而不必依靠，那就叫"自在"。

如果这一系列障碍都得以排除，那么，由这些障碍带来的精神恶果也可以避免了。这就是《心经》所说的"心无挂碍"、"无有恐怖"。正是这两个"无"，可以使人"远离颠倒梦想，究竟涅槃"。

只可惜，以上一系列被"无"所否定的东西，世人常常不舍得丢弃，那么，随之也就无法丢弃那些挂碍、恐怖、颠倒梦想了。

一连串的否定，组成了一场"空门大扫除"，为的是挣脱种种相状，达到没有障碍的"如来"境界。

四、度化众生

《心经》认为，以"无"入"空"，排除障碍，是人生真正的大智慧。说到智慧，同是一个"智"，小机智徒增障碍，被佛经称之为"漏智"，属于排除之列。排除了小机智，就能开启大智慧，那就是"般若"。般若智慧的核心是度化，因此又称"般若波罗蜜多"，即"大智慧度化"，简称"智度"。佛典中，有《大智度论》。

度，是脱离苦海到彼岸。小乘佛教，重在个人解脱；大乘佛教，重在众生度化。个人解脱的理由和程序都已经说得很清楚，那么，从逻辑上，为什么还要拓展成众生度化呢？

有人说，大乘佛教的这种主张，是随从了普世道德，不在乎自身逻辑。对此，我不能同意。我认为，佛教由"度己"而导致"度人"的逻辑，很清晰。下面，且让我略加梳理。

如前所述，佛教在阐明"空"的学说时，着力排除种种界定，拆卸道道门槛。很快就碰到了最重要的一个界定，那就是"他我"之间的界定；遇到了最后一道门槛，那就是"人己"之间的门槛。

"我"是什么？显然，不管在生理意义、伦理意义还是社会意义上，都是"性空"。生理意义上的"我"，是速朽的皮囊；伦理意义上的"我"，是随着亲情关系的必然陨灭而不知自己是谁的孤鸟；社会意义上的"我"，是被一堆人造身份所堆垒而成的空洞名号。正如前面已经说到，一切"拥有"，都是"假有"，那么，接下来，一切"拥有者"本人，也是空相。富人的钱财是空，高官的权位是空，而更重要的是，富人和高官本身，也是空。那么，不是高官和富人的普通人呢？也一样，都是空相。

在现代西方思维中，"我"是一切的出发点。我的存在，我的权利，我的成败，我的性格……，这便是欲望的渊薮、冲突的本体、烦恼的根源。

佛教以很大的力度，对"我"提出了质疑。不是质疑我这个人的优缺点，而是质疑"我"这个概念本身的存在基点。质疑的结果，是主张放弃对"我"的执着，即破除"我执"。

我前面说到，《心经》里包含着那么多"无"，都可以概括为"无常"；其实，在"无常"后面还隐藏着一个最根本的"无"，那就是"无我"。

历来有不少佛教学者把"**缘起性空，无常无我**"八个字当作佛教的精髓，我很赞成。

在世界各大宗教派别和哲学派别中，佛教明确地提出了对自我个体的放弃、消融和超越，显示出非同一般的成熟等级。

西方的一些学说主张个体完满、个体成功，而佛教却不能不指出，一切"完满"和"成功"都不可能真实。一个世界如果真的存在着很多"完满的个体"和"成功的个体"，或者企图"完满"或"成功"的个体，那他们一定会与周边的世界天天产生区隔和争斗，因此这个世界必然是一个喧闹和恐怖的天地。而这些以"完满"、"成功"自许者的下场，也一定是苦，而且是难言之苦。

佛教正是因为破除"我执"，主张"无我"，才让那些争取"完满"、争取"成功"的欲望真正断灭。简言之，因"无我"，才"灭苦"。

需要说明的是，后来禅宗中有"我即是佛"的说法，这里所说的"我"，只是"人人"的代称，说明"人人皆有佛性"。

"人人皆有佛性"，但人人又不能单独完满，因此任何一个人都不应该企求单独解脱。如果单独解脱了，而周围的众人还困于重重障碍之中，那么，这个自以为"解脱"了的个人还会寸步难行。如果别人没有解脱，那么，为了守护自己的解脱必须划出人我之界。这么一划界，空境便顿时消失，解脱也无从说起。

诚如谚语所说，一滴清水无救于一缸污水，而一滴污水却能把一缸清水毁坏。一个修行者即便把自己修炼成了一滴最纯净的清水，却没有与周边污水分割的"薄膜",那么,这滴清水怎么存在?同样,如果大家都成了纯净的清水,却还有一滴仍然污浊,那么,大家的纯净还能保持吗?因此,佛教必然指向整体关怀,普世行善,无界救助。要解脱,也要大家一起解脱。

更重要的是,佛教既然"无我",也就无所谓"度己"。"度己"之说,不符合"无我"的宏旨。"无我"的空境,必把大千世界作为唯一主体,达到前面所说的"四海之内皆兄弟"的境界,发誓引渡每一个"兄弟"。

由此可知,佛教从"度己"跃升为"度人",思路十分清晰,并不是随意地从众悦众。

也正因为如此,我们看到,《心经》最后那个咒语,呼唤得那么恳切:"揭谛,揭谛,波罗揭谛,波罗僧揭谛,菩提萨婆诃。"我的翻译是"去吧,去,到彼岸去,赶快觉悟!"对于这几句咒语,《心经》自己还反复推崇"是大神咒,是大明咒,是无上咒,是无等等咒",而且"能除一切苦,真实不虚"。可见,在佛教看来,头等重要的大事是"度人"。

于是,作为佛教修行最高、最后目标的"涅槃",也与"到彼岸去"连在一起了。《大智度论》在阐释"波罗蜜"时说:"涅槃为彼岸"。度人到彼岸的修行者称为"菩萨",他们的"大誓愿"就是"度一切众生"(见《大智度论》卷四)。

在中国民间,菩萨常常被看作偶像,其实,他们只是修行者,因觉悟而大慈大悲、救苦救难、护佑众生、反对伤害。菩萨把佛教本义和民间企盼融成一体,组成了"**无缘大慈,同体大悲**"的高尚信仰。

"无缘大慈,同体大悲",这八个字很好。意思是,号召一切不认识、不相关的人,也都应该视若一体,感同身受,互相救助,共抵彼岸。彼岸,就是不受世俗羁绊所困苦的净土。

回想我儿时在家乡随长辈礼佛,第一印象就是积德行善、惜生护生、乐于助人。当时,很多天天念佛的信众并不识字,不懂佛经,但是,就凭着积德行善、惜生护生、乐于助人,维护住了苦难大地上的文明脉络。现在才知,这比烦琐的经句训诂更贴近佛教本义,这也正是度化众生这一信仰的民间实践。

五、继续修行

从幼年开始的佛教背景,对我的帮助无可限量。每次进入古老寺庙,每次拜见高僧大德,都有一种身心相通的亲近。在亲近过程中又会自省,反观自己在修行长途中的步履,还有多少滞塞,还有多少地方可以延伸。

我发现,自己过去得益于佛教的地方,是三个"毋";而自己今后仍须努力的空间,是三个"少"。

先说三个"毋"。

一是"**毋避**"。也就是说,不讳避一切灾祸。这是从佛教的"无常"观念引出来的。由于"无常",一切都会发生,既无法预计,又无法预防,那就不如平静接受,从容处理。应该知道,这是在接受既正常又不正常的世界，这是在面对既正常又不正常的人间，不必恼怒、哀怨、气恨。为此，我从青年时代开始，就对家庭和自己遇到的一切灾难、冤屈、诽谤，都采取"毋避"的态度。开始有点儿不知所措，但后来越是"毋避"，就越坦然，觉得这是生命入世的正常方式。若是避了，反而像是避洪水于沙墩，避匪徒于枯井，既自废了手脚，又恶化了事态。

"毋避"，从根本上改变了与生俱来的避祸本能，使自己变得强大。在我平生遭受无数凶逆的时候，佛教让我一次次抽去了个人的名利凶吉期许，去直视无常。结果，倒是拥有了站在灾祸最前沿的大雄精神。让我高兴的是，我的经历使周围友人都确信，如果以后遇到了地震、海啸或其他重大灾难性事件，我必定仍然会是一个平静的救助者和安慰者，直到最后。感谢佛教，给了我这种人生底气，使我有可能引领大家面对世间困厄。

二是"**毋招**"。也就是说，不招引一切美事。尤其是世间那些看起来很堂皇、很荣誉、很普及、很方便、很时尚的"美事"，更是不招、不引、不思、不迎。因为这一切，都是既定形态、外饰硬壳，属于佛教所言之"色"和"蕴"，皆为空相，应该看破。若不看破，即是障碍。对此，我有很多切身感受。外部世界诱惑和招引实在太多，为了向外部世界证明自己价值而进入某种台阶的理由实在太多，我却渐渐明白，那些全是障碍，一旦被招，极易迷失。我这个人，由于种种主观条件和客观条件，又特别容易被各种显赫力量招引，而自己的性格生来温和，很难断然推阻。但是，我为什么能够坚辞高位、谢拒名号、绝迹会议、不涉团体？

其实都是佛教的"性空"观念在主导着我。

我知道,越有声势的强力,越是性空;越有吸引力的美事,越要放下。否则,整个"受想行识"迟早会坠入"颠倒梦想",不得超脱。环视四周民众,大多在官阶、名声、输赢、信息、网络间挣扎折腾,反把我看作遗世怪人。我则在为他们默祷:"揭谛,揭谛,波罗揭谛……"

三是"**毋应**"。也就是说,不回应一切舆论。本来,毋招世间美事,这总该太平了吧?不,总有外人指名道姓地对自己进行评论。我因为不存在"我执",绝不回应。在佛教看来,种种攻击起自于世间"业"的负面积累,任何针锋相对的直接回应都是在增添负面积累,而且必然双向叠加,没完没了。试想,如果要回应,怎么回应?无非是依据着某些"事实",某些"结论",某些"民意",某些"舆情"。但在佛教看来,这一切都极不可靠。即便一时看似可靠,也都属于"空相",时时有可能变动和逆反,时时有可能转型和消失。因此,不如"毋应",也就是"无辩"、"无回"、"无答"、"无表情"。

不做回应,不做辩驳很可能让进攻者更加肆无忌惮,让旁观者信以为真。但是,这不应该成为自己卷袖伸拳的理由。即便证明了"我"的清白和强大,那又有什么意义?还是回到这个老问题:"我"是什么?因此,大家都看到了,我只要遭受国内媒体大规模的诽谤,总是立即启程到国外,演讲中华文化的正面力量。事实证明,佛教让我免除了大量无谓之耗,让世间免除了不少纷争的噪声,这也就使负面积累转化成了正面积累。

在这个问题上我要劝劝社会上很多因为优秀而被嫉妒的文化创造者，千万不要听到非议、谣言就怒不可遏，只想与对方辩论到底。其实，一陷入辩论，你就不再是文化创造者，而且辩论的听众全然都在看戏，"真理愈辩愈明"的事，从来没有发生过。你遇到的麻烦，与我相比，大概不到百分之一吧，如果能像我一样，完全不予理睬，继续写那么多书，走那么多路，作那么多演讲，那有多轻松啊。

接着说说今后修行的目标，简单说来，是三个"少"。这三个"少"，很难做到，我试过多次，仍常常失足，因此还须继续努力。

一是"少分"。

分，就是佛教所反对的分别心，亦即种种人为的划界和区分。我发现，自己虽然对此早有警惕，却限于惯常思维、学术需要，仍然未能彻底摆脱。我们总是习惯于在写作和演讲中论述地域之分、民族之异、文化之界、国家之别、主义之争、学派之峙，即使比别人淡化，也无法消融，因为这是我们接受教育的基础。

在佛教看来，世间一切人为的纷扰、分裂、战争，都由此而起。其实，看似清晰的差异都是空相，看似明确的界限都是空相，当然，看似激烈的斗争也都是空相。以佛教的认知，一切以集体方式出现的阶级斗争、民族斗争都没有夸张的理由，一切以个人方式出现的胜负竞争、尔虞我诈都只能导致共衰，一切以运动方式出现的检举揭发、互相整人更是中国沉疴，不应鼓励。但是，在目前这个全民都在比赛输赢、表演正义的社会气氛中，要道破这一点会遇到很多困难。

我曾经在联合国发布首份有关文化的"世界报告"的第一天，与联合国教科文组织总干事发表对话，系统反驳美国哈佛大学教授亨廷顿先生提出的"文明冲突论"，认为这种站在西方主体立场上的文明之"分"，只会加剧冲突，增加分裂，而目前国际社会最需要的，是跨界合作、无界融会。这次论述，是我的"少分"思维的一个郑重展示，今后还应继续。

不管外界如何翻江倒海，我在今后的修行中，应该尽力消除社会上一切"勘边划界"的观念，哪怕它们总是打着民族主义、国家主义、地域主义、民粹主义和其他许多西方主义和东方主义的大旗。各种强化差异、强化区分、强化自卫、强化争斗的想法，也许都能找到自己的学理依据，却不能被佛教许诺。因此，也不应被今后的我许诺。一时消除不了，那就减少吧，是为"少分"。

二是"少忆"。

忆，也就是回忆、追思。大多是强化时间序列，拉入先祖坐标，加重历史话语。这一切似乎都很好，却得不到佛教首肯。

佛教主张当下，着眼此刻，关照现今，而不喜欢时间的侵入、历史的霸道、遗产的作态、传统的强加。

我以前在历史研究中，已经重视古今之通而看淡前后之别，已经珍惜千古诗魂而冷漠断代之学，但是，很多时候也不得不屈从专业陈趣、学术癖好而匍匐于时间的魔杖之下。

有着漫长历史的佛教从不自炫漫长，而总是急切地呼吁"当下"。这个事实才让我一次次反思，自叹修行之浅。确实，即便是我们倾注巨大学术力量的所谓"历史真相"，说到底也是疑点重重的空相，不存在永久执守的理由。例如，我每次在阅读"文革历史"的各种文本时，总是更加感到佛教的英明，因为"文革"我亲自经历并付出过全家的血泪代价，但是那么多历史文本所写内容，与我的亲身感受全然不同。错在何人？最后憬悟，错在我们对历史的过度依赖，也就是我们对时间的"无明"。但《心经》说了，连"无明"也说不上，更无所谓"无明"的断灭。既然这样，那也就盼不来"有明"的一天。与其如此，不如挥去时间。再也不要像一个自恃通晓历史的长辈那样老是喜欢给年轻人谈古说往了，应该把一切文化注意力都集中在当下，而且是不受过去干涉的当下。

就连写作了皇皇巨著《历史哲学》的德国哲学家黑格尔都无奈地说："人类从历史中学到的唯一教训，就是无法从历史上学到任何教训。"黑格尔不太懂佛教，但他的这个判断，却已近佛。而我们身处佛教鼎盛的中国，却总是那么热衷"历史真相"、"历史教训"等等。其实细细一想，历史的重压，扭曲了多少活生生的今天。时间本可以穿越，当下才是重心。

我们现在的传播媒体中，突然涌出来大量回忆祖辈、回忆家乡、回忆门庭、回忆宿儒、回忆名角的内容，我看了一些，便可以断言，多数都在夸张、想象、造假。本来，我们的现实生活中已经有许许多多虚假，一直很难摆脱，现在，又加进来那么多号称"回忆"的虚假，这实在是民族精神的一种重大误导。

且把"记忆"换成"良知"，把"沧桑感"换成"菩提心"。来什么就接受什么,不必问来历,不必算因果,不必查恩怨,立即以"无缘大慈,同体大悲"的大爱之心处置,这便是大雄之行。

三是"少冀"。

冀是希望,是企盼,是对自己将来的幻想,是对尚未发生的一切的期许。这一些,看起来又都是正面能量,其实在佛教看来,带有不少"颠倒梦想"的成分,也应该看破、看空。前面所说的"少忆",是为了不让过去干扰当下;这里所说的"少冀",是为了不让将来干扰当下。

任何希望、企盼、幻想、期许,都在空相之列。由于它们还没有发生,或刚刚在发生,因此比之于历史的讲述,更是"空中之空"。这些"空中之空",看似宏谋远虑、辉煌蓝图,却最容易造成不同希望的冲撞,几种企盼的缠绕,多重梦想的破灭,基本信用的流失,结果造成最严重的人生之苦。

"少冀",也来自于"无常"、"无我"的原理。既然"无常",就不应该对"常"有太多的寄托和热望;既然"无我",就不应该让"我"有太多的延伸和扩充。只有一个例外,那就是在"度人"的时候要提供"彼岸向往",并指引路线。这是因为,要度之人数量巨大,不能不呈现一种集体愿景。一切为天下众生的前途所做的努力,都应该加以鼓励,因此我提出的是"少冀",而不是"灭冀"、"无冀"。减去"一己之冀",仅留"众生之冀",而在"众生之冀"中也要减去玄泛之冀、僵滞之冀、作态之冀、互扰之冀,这便是"少冀"。

可惜,现代的佛教朝拜者,总是带着太多的"一己之冀"。他们躬身跪拜，总是在向佛祖索讨更多的利益和前程，为自己，为家庭。这种索讨，正好与佛理南辕北辙。

当然，宽容的佛教并不反对人世间各种无损他人的正面之翼，但修行者应该明白，对这种正面之翼，仍然不能执着。无常的世界日日变动，一旦执着就会不断敏感、担忧、沮丧、失望、失态。

以前总认为，没有企盼就没有志向。对此，我在几场灾难中产生了根本的转变。例如，汶川地震发生后，我到了现场，却发现平日天天的报刊传媒间大谈中国前途、文化目标、文明得失的"公众知识分子"，几乎一个也没有到达，也没有提供像样的捐款。他们只是在千里之外高谈阔论、指手画脚。而真正在第一线紧张救助的人，却都不做任何痴想，甚至也不预计余震什么时候会再度发生，只是当余震果然再度发生时，立即上前抢救。我想，佛教要我们成为这样的救援者，只是勇敢地面对当下发生的一切，而不要成为前一种似乎志向高远的"公众知识分子"。

人间灾难多多，而且毫无规律。路边正有老人跌倒，街头正有小孩迷路，我们不能置若罔闻，夹书深思，而应该停步弯腰，切实帮助。宁肯放弃企盼，放弃志向，也不放弃眼下偶然发生的危难。

早就发现，人世间特别喜欢张罗的计划、方略、步骤、畅想、蓝图等等，佛教都看得又轻又淡，它不愿意以这些"常欺之门"欺人，就像不让车辆在"事故多发地段"出事。一个修行者如果在佛的光照下真正成熟，那就应该少讲无常的未来，只看眼下的"自在状态"，那就叫"观自在"。

能够真正"观自在",那就已经是真正的"菩萨道"。请看,《心经》开头的五字主语就是:"观自在菩萨"。

其实,我们平日在很多庙宇、石窟中见到的菩萨造像,也都是这样的神貌:不在乎外界,不在乎信息,不在乎区别,不在乎历史,不在乎未来,不在乎争斗,不在乎挑战,不在乎任何外在的形态和内在的执着。看似安静到极点,超脱到极点,却是一见苦难就敏捷救助,被人们称为"救苦救难观世音菩萨"。

千年风华皆看空,万般名物全看破。有了自如、自由、自在之心,才有可能及时发现和处理一切不测和灾祸,化解种种恐惧和苦厄,度化世间迷惘众生,一起解脱。

我们,也有可能这样。

甲午春日

岁月之味

说明

在领略了"君子之道"的各个方面之后,我很想让当代中国的年轻君子,获得更开阔的国际视野,了解一下各国智者如何看待人生,看待岁月,看待死亡。中华民族和其他民族,理应秉承全人类的共同关怀,互相观照,互相滋养。于是,有了《岁月之味》和《临终之教》这两篇文章。

一、年龄的季节

至今记得初读比利时作家梅特林克《卑微者的财宝》时受到的震动。梅特林克认为，一个人突然在镜前发现了自己的第一根白发，其间所蕴含的悲剧性，远远超过莎士比亚式的决斗、毒药和暗杀。

这种说法是不是有点儿危言耸听？开始我深表怀疑，但在想了两天之后终于领悟。第一根白发人人都会遇到，谁也无法讳避。因此，这个悲剧似小实大，简直是天网恢恢、疏而不漏。而决斗、毒药和暗杀，只是偶发性事件。这种偶发性事件能快速置人于死地，但第一根白发却把生命的起点和终点连成了一条绵长的逻辑线，人生的任何一段都与它相连。

人生的过程少不了要参与外在的事功，但再显赫的事功也不应导致本末倒置，忽略了人生的本真。德国思想家莱辛说，一位女皇真正动人之处，是她隐约在堂皇政务后面那个作为女儿、妻子或母亲的身份。因此莱辛认为一个艺术家的水平高低，就看他能否直取这种身份。法家思想家狄德罗则说，一位老人巨大的历史功绩，在审美价值上还不及他与夫人临终前的默默拥抱。

其实岂止在艺术中，在普遍的人际交往中又何尝不是如此？在我看来，一个自觉自明的人，也就是把握住了人生本味的人。

因此，谁也不要躲避和掩盖一些最质朴、最自然的人生课题，如年龄问题。再高的职位，再多的财富，再大的灾难，比之于韶华流逝、岁月沧桑、长幼对视、生死交错，都成了皮相。

北雁长鸣，年迈的帝王和年迈的乞丐一起都听到了；寒山扫墓，长辈的泪滴和晚辈的泪滴却有不同的重量。

也许你学业精进、少年老成，早早地跻身醇儒之列，或统领着很大的局面，这常被视为"成功"。但这很可能带来一种损失——失落了不少有关青春的体验。你过早地选择了枯燥和庄严，艰涩和刻板，就这么提前走进了中年。

也许你保养有方、驻颜有术，如此高龄还是一派中年人的节奏和体态，每每引得无数同龄人的羡慕和赞叹。但在享受这种超常健康的时候应该留有余地，因为进入老年也是一种美好的况味。何必吃力地搬种夏天的繁枝，来遮盖晚秋的云天。

什么季节观什么景，什么时令赏什么花，这才完整和自然。如果故意地大颠大倒，就会把两头的况味都损害了。"暖冬"和"寒春"都不是正常的天象。

这儿正好引用古罗马西塞罗的一段话：

一生的进程是确定的，自然的道路是唯一的，而且是单向的。人生每个阶段都被赋予了适当的特点：童年的孱弱、青年的剽悍、中年的持重、老年的成熟，所有这些都是自然而然的，按照各自特性属于相应的生命时期。

真正的人生大题目就在这里。

为了解释人生况味，我曾在早年的一部学术著作中简略地提到过一些与年龄有关的外国故事。几十年过去，自己对人生的感受也已大大加深，因此这些外国故事也就有了重新阐述的可能。

二、一个美国故事

这是一个真实的故事，刊登在美国的报纸上。

一位学社会学的女学生，大学毕业后做了一次有趣的社会测试，调查老人的社会境遇。她化装成一个步履蹒跚的老妇人，走在街头，走入商店，走进会场，仔细观察人们对自己的态度，一一记录下来。第二天，她卸除化装，露出自己年轻美丽的本来面目，再到昨天去过的那些地方，重新走一次，进行对比。

对比有点儿可怕。她终于明白平日街头遇到的那么多微笑，大多是冲着她的年轻美丽而来。而当她装扮成了老妇人，微笑的世界轰然消失。

"老妇人"跌跌撞撞地走进一家药店，这总该是一个最需要医药援助的形象吧，但药店的那个男营业员神情漠然。男营业员的殷勤，十分夸张地出现于第二天。

"老妇人"还摸进了一个"老人问题研讨会"。发言者的观点且不去说它，就连会场的服务生，也只瞟了她一眼，懒得把别人面前都有的茶水端来。

实例非常丰富，写一篇论文早已绰绰有余，但女学生的情感受不住了。那天，她依然是老妇人装扮，经受种种冷遇后十分疲惫，坐在街心花园的长椅上休息，沮丧地打量着这个熙熙攘攘的世界。长椅的另一端，坐着一位与她的装扮年龄差不多的老汉。老汉凑过来说话，没谈几句，已开始暗示：实在太寂寞了，有没有可能一起过日子……

怕老汉得知真相后伤心，她找了个借口离开长椅，向不远处的海滩走去。

海滩上，有一群小孩在玩耍。见到老妇人，小孩们就像一群小鸟一般飞来，齐声喊着"老奶奶"，拉着她在沙滩上坐下，叽叽喳喳地问这问那。

这篇报道说，就在这时，这位已经搞不清自己是什么年龄的社会学研究者，终于流下了热泪。

读了这篇报道，我想了很久。

我猜想不少作家如果要写这个题材，一定会非常生动地写出装扮前后的种种有趣细节。用第一人称写，感觉也许更好。社会学者对某些艺术细节总是不太在意的，例如那篇报道中曾经提到，她在装扮老妇人时困难的不是衣着面容，而是身材。她好像是找了一幅长布把自己的身材捆紧后才勉强解决问题的，其实此间可描写的内容甚多，越琐碎越有味。

至于她在大街上的遭遇，艺术的眼光与社会学的眼光也是有差异的。作家们也许会让她见到几个平日的熟人，她故意地去招惹他们看能不能认出来，结果识破了朋友们的很多真相。更聪明一点儿的作家则会让她走着走着果真转化成了老妇人的心态，到卸了装都转不回来，即使转回来了，还有大量的残留，如此等等，都可想象。

但是，我的兴趣不在这儿，而在于街心花园的长椅，小孩嬉戏的海滩。

先说长椅。两个老人，一男一女，一真一假，并肩而坐。肩与肩之间，隔着人生的万水千山。老汉快速地点燃起了感情，除了寂寞之外，还有原因，我猜是由于她那年轻的眼神。他对这种眼神没有怀疑，因为老人的回忆都是年轻的，但是，年岁毕竟使回忆变成了飘忽不定的梦幻，当梦幻突然成真，他岂有不想一把抓住的道理？

他很莽撞，连她的情况都来不及细问。他早已懂得，年老是一个差不多的命题，不问也大同小异，这位老妇人孤身一人悲怆独坐，已经坦示他想知道的基本隐秘。有人说，老人动情，就像老宅起火，火势快速，难以扑救。

这场大火腾起于街心公园的长椅上，行色匆匆的路人谁也没有看到。大家都遗弃了这个角落，遗弃得无情无义，却又合情合理。

那些忙碌的街道是城市的动脉，不能不投入生命的搏斗。忙碌者都是老人们的子弟，是老人们把他们放置到战场上的，他们也是无可奈何的一群。他们的肩上有太多的重担，他们的周围有太多的催逼，如果都把他们驱赶到老人膝下来奉承照拂，社会的活力从哪里来？

街心公园的长椅，这批去了那批来，永远成不了社会的中心，因此，老人的寂寞就如同老人的衰弱，无可避免。这有点儿残酷，但这种残酷属于整个人类。

女学生借口离去了，不管什么借口，最终的结果都是一样，一场大火变成了一堆灰烬，保留着凄楚的余温，保留着边上的空位。

再说海滩。她刚刚告别老人，走到了孩子们中间，孩子们热烈欢迎她这位假老人。人生的起点和终点，就此紧紧拥抱。她流泪了，我想，主要是由于获得了一种意料之外的巨大安慰。

她的眼泪也可能包含着艰涩的困惑：大街上那些漠视老人的青年人和中年人，不管是药店的营业员还是"老人问题研讨会"的服务生，他们也都曾经是天真无邪的海滩少年。而且迟早，又都必然安坐到街心公园的长椅上。是什么力量，使他们麻利地斩断了人生的前因和后果，变得如此势利和浅薄？

如果这个困惑确实产生了，那么，她会长久地注视着孩子们的小脸出神。这些小脸上的天真无邪，居然都是短暂的？她又会回想起刚才邂逅的老人，他是不是也在为中年时的势利行为而忏悔？

在这一系列疑问面前，人与人之间已无所谓单纯的清浊、强弱、枯荣，大家都变成了一个自然过程，渐次分担着不同的基调。

每一个基调间互为因果又互相惩罚，互相陌生又互相嘲弄，断断续续地组接成所谓人生。

这位年轻的社会调查者辛辛苦苦地装扮出行,原是为了写出一个调查报告,但有了长椅和海滩,社会学也就上升到了人类学、哲学和美学。

且把长椅和海滩提炼一下,让它们有点儿象征意义。人们如果不是因年龄所迫,偶尔走出街市,在长椅上坐坐,在海滩上走走,就有可能成为人生的觉悟者。

三、一个法国故事

前面说到了比较势利的中年,那又不能不提起法国的一个戏剧故事,我在《艺术创造学》里分析过。当然,这个故事是一个艺术虚构。

这个故事的作者是法国现代作家让·阿努伊,写作时间是一九四四年,故事取材于古希腊的悲剧《安提戈涅》。

在我印象中,古希腊的《安提戈涅》是黑格尔最满意的一出悲剧,因为它成功地表现了冲突双方的充分理由和各持片面,无简单的善恶利钝可言。善恶利钝可以趋之避之,而各执理由的正当立场之间的不可调和,却是一种无法逃遁的必然。

古希腊的《安提戈涅》写了国家伦理和血缘伦理之间各执理由的冲突,国家伦理的代表是国王克瑞翁,血缘伦理的代表是姑娘安提戈涅。国王宣判一位已死的青年犯有叛国罪,姑娘是这位青年的妹妹,又恰恰是国王未过门的儿媳妇,她当然要为哥哥下葬,于是产生一系列的悲剧。

悲剧到最后，不仅这位姑娘在监禁中自尽，而且国王的儿子因痛失未婚妻而自尽，国王的妻子因痛失爱子而自尽。

满台尸体，怪谁呢？

怪国王？但他只是在奉行国家伦理的起码原则而已，否则怎么称得上国王？怪那位可怜的姑娘？更不能，她只是在尽一个妹妹的责任罢了，否则怎么对得起天伦亲缘？

这种悲剧也可称之为"无责任者悲剧"，与我们一般看到的善恶悲剧相比，高了好几个美学等级。大善大恶未必经常遇到，而"无责任者悲剧"则与人人有关。

但是，虽然《安提戈涅》抵达了这个等级，而它所依附的故事和观念却明显地带有罕见性。国王、王后、王子、叛国罪之类，与国家伦理、血缘伦理拌和在一起，组成了一个遥远而陌生的世界，缺少与广大民众的亲和性。这，正是两千多年后阿努伊要对它做一次大修改的原因。

以现代观念改编经典的做法并不少见，但像阿努伊那样取得国际上广泛好评的改编却不多。那么，阿努伊究竟是怎样动手的呢？我看主要是两点——

第一，把国王和姑娘这两个人，从身份定位转化成性格定位。不再是国家伦理和血缘伦理的冲突，而是随波逐流和敢作敢为这两种性格特征的冲突。随波逐流的是国王，敢作敢为的是姑娘。国王本不想做国王，万不得已做了，又无可奈何地每天做着自己也不想做的事；姑娘正相反，敢于执掌自己的命运和意志，选择明确，敢作敢为。他们两人有很长的争论，都是关于如何做人。

第二，把这两种性格特征，又归之于年龄原因。敢作敢为的姑娘几乎还是少年，有少年的一切特征，连去埋葬哥哥尸体的铲子都是儿童的玩具铲子。相反，随波逐流的国王则是中年人，说得出中年人不得不随波逐流的千百条理由。说出了那么多理由也深知自己的无聊和悲哀，因此争论归争论，还是要悄悄对自己的年轻侍从说："小家伙，永远别长大！"

于是，阿努伊就在这个故事中探讨起了人生的常规走向。天下每个人都曾经敢作敢为，但又都会告别少年，渐渐地随波逐流。那么，你身上还剩下几分"姑娘"？已滋长多少"国王"？每个人天天都在进行着这样的比例衡定。

对于这个问题，不应该做简单的是非衡定。并不是"姑娘"皆好，"国王"皆坏；也不是少年皆好，中年皆坏。如果这样简单，一切又都回到了浅薄。这里出现了新的两难：两边仍然都有理由，两边仍然都是片面。能把敢作敢为和随波逐流两者合在一起取个中间数吗？不能，因为这不是静态片段而是动态过程，动态是由两种相反的力拉动的，就像拔河比赛，无法调和。

结果，全部情景就像阿努伊笔下那样，姑娘在玩具世界中打着呵欠起身，敢作敢为，稚气可掬，又处处碰壁。慢慢，随着岁月的推移克服了稚气，圆熟通达，随波逐流，事事妥协……一个古典悲剧就这样变成了一个现代悲剧，一个最具有普遍性的悲剧。

整整两千多年，好不容易绕到了现代，却绕出了如此朴拙的年龄问题，一个在前人看来简直是不成问题的问题。

那么多宏大的题材为之黯然失色，那么多慷慨的陈词为之风流云散，剩下的只是最简单的本真。

唯有这个本真，人类找到了在苍茫暮色中回家的心情。从万人垂泪的大悲剧中回家，从柏拉图和亚里士多德身边回家。

有关年龄的话题，是自然对人类的注定，人类能做的反抗幅度很小，整体上无可奈何。但是，有时人类也会以自己的精神逻辑嘲谑一下自然逻辑。

这样的嘲谑在文艺作品中不少，此处还可以举一个简单的例子。

四、一个俄国故事

这个俄国故事看起来很寻常：

一个早就离了婚的中年男子和一个年龄仿佛的独身女子一见钟情，但这个独身女子其实是有丈夫的，那是一个关在监狱里的醉鬼。由于这个醉鬼的隐约存在，男女双方都受到了一种爱情之外的道德约束，未能继续靠近。

如果仅仅这样，那就是一个太一般的故事，并不深刻。但是，它还是让人微微震颤了，由于它超常的平静。

君子之道

余秋雨 著

室上观天下风云

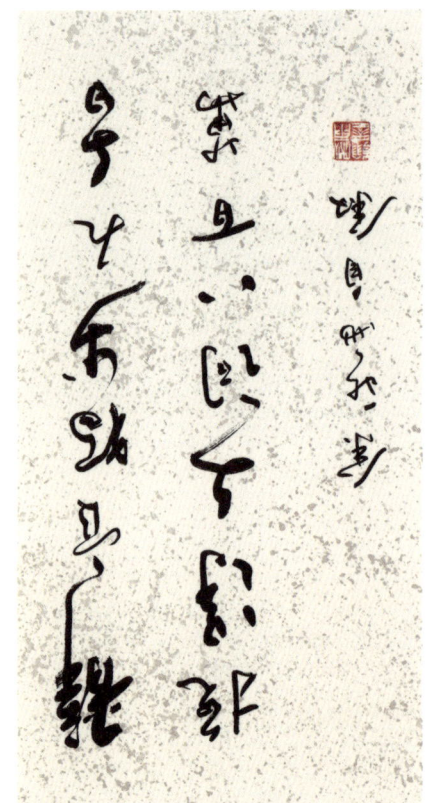

男女主角其实早已做出判断，对方是自己一生中的"唯一"，但他们只表达了这个判断，并没有多大激动。这是为什么呢？

他们好像早就料到，唯一最适合自己的人会在这个时候、这个地方出现。也就是说，必然出现在已经没有希望了的时候和地方。

人类最喜欢赞美的是初恋，但在那个介乎少年和青年之间的尴尬年岁，连自己是谁还没有搞清，怎么可能完成一种关及终身的情感选择？因此，那种选择基本上是不正确的。人类明知如此，却不吝赞美，赞美那种因为不正确而必然导致的两相糟践。

在这种赞美和糟践中，人们会渐渐成熟，结识各种异性。大抵在中年，终于会发现那个"唯一"的出现。但这种发现多半已经没有意义，因为他们肩上压着无法卸除的重担，纵然是再准确的发现，往往也无法实现。

既然无法实现，那么，即使是"唯一"，也只能淡然颔首、随手挥别。此间情景，只要能平静地表述出来，也已经是人类对自身的嘲谑。

更大的嘲谑是年龄的错位。为什么把择定终身的职责，交付给半懂不懂的年岁？为什么把成熟的眼光，延误地出现在早已收获过了的荒原？

只要人类存在，大概永远也逆转不了这种错位，因此这种嘲谑几乎找不到摆脱的彼岸。

由此可见，仅年龄一端，人生的况味也可品咂得难以言表。我认为很多作家躲开这个问题不是由于疏忽，而是由于害怕。

人类这个共同陷阱的井口看似平常，但伸头一看却深不可测。阴冷的水汽带出了大地掩藏着的重重怪异，晃荡的井水居然还照出了自己的面影。有多少人愿意长久地逼视那个变了形的自己呢？只能赶快走开。

是啊，人生的许多问题不能太往深里想。你看，把年龄问题稍稍想深一点儿，就引发出了对生命程序的整体嘲谑。可见，人生的问题只可做泛论而不能深究。

五、青年的陷阱

上面几个外国故事，都揭示了人生的重大悖论。这些悖论很难找到解决的方法，因此人生在本质上是一个悲剧。

经常听到一些人得意扬扬地宣称，他们的人生充满快乐，而且已经找到快乐和幸福的秘方。很多传媒、书籍也总是在做这方面的文章。浅薄的嬉闹主义，已经严重地渗透到我们的文化机体。这就像在饮食中糖分摄入过度，种下了一系列致命的病根。

我在审美心理学的研究中早已得出结论：在审美视角上，喜剧出自于对生活的俯视，正剧出自于对生活的平视，悲剧出自于对生活的仰视。只有那些"似喜实悲"的作品，兼具多重视角。

嬉闹的作品中那些喜剧角色为什么被观众嘲笑？因为他们的水平都

低于观众，观众在俯视之中"看破"了他们，享受着自己的聪明。

相反，一切悲剧的情怀、悖逆的思维、无解的迷惘，都是因为仰视。茫茫天宇永远笼罩着毁灭的气氛，少数壮士却在奋力扶助着其他生命，这就是伟大和崇高的踪影。

因此，我们不要嘲谑这几个外国故事的悲剧色彩、无解状态。它们拒绝对人生进行轻薄的读解，廉价的鼓励，而是坦诚地挖掘出了其中一层又一层的苦涩，指点出了其中一个又一个的陷阱。

在人生诸多人生陷阱中，哪一个阶段的陷阱最关及长远，最难于弥补？

这几个故事不约而同地指出：青年时代。

但是，在现实生活中，我们听到的，都是对青年时代的赞美。诸如朝气蓬勃、意气风发、风华正茂、英姿飒爽……滔滔不绝。

我认为，这事在中国，有特殊的文化原因。中国传统文化立足于"家族传代伦理"，因此，赞美青年，也等于赞美整个家族、全部祖业。

老人赞美青年时代，大多会犯一个错误，那就是断言青年时代有"无限的可能性"。其实，那很可能是因为后悔自己当初的错误选择，就把记忆拉回到那个尚未选择定当、因此还有其他可能性的时代。但是，青年人常常读错，以为"无限的可能性"会一直跟随自己。

其实，所有的可能性落在一个具体人物的具体时间、具体场合，立即会变成窄路一条。错选了一种可能性，也就失去了其他可能性。

当然，今后还能重选，但是多数青年人会把那条窄路走下去，走得很辛苦。

正是在青年时代，锁定了自己的人生格局。由于锁定之时视野不够，知识不够，等级不够，对比不够，体会不够，经验不够，因此多数锁定都是错位。就像前面那个俄国故事所说的，对人生至关重要的"初恋"，发生在主人公既不认识生活，更不认识对方，也不认识自己的时代，要想不错几乎没有可能。今后能做什么？有可能改变错位，但需要付出很大的代价，因此很多人常常延续错位。

本来这是严酷的事实，应该引导青年人冷静认识，逐步接受。并且告诉他们，必须尽快在青年时代陶冶品德，锻铸人格，把选择放在后面。但是，世间对青年的赞美习惯，冲击了这一切。

我们见得最多的，是青年们在种种赞美和宠溺中成了一群"成天兴奋不已的无头苍蝇"，东冲西撞，高谈阔论。

经常听到一些长者在说："真理掌握在青年人手里。"理由呢？没有说。我总觉得，这多半是一种笼络人心的言语贿赂，既糟蹋了青年，又糟蹋了真理。

青年人应该明白，在你们出生之前，这个世界已经非常复杂、非常诡异、非常精彩地存在了很久很久。你们，还没有摸到它的边。请不要高声喧哗，也不要拳打脚踢。因为只要在青年时代有过不良言行，那么，在你们以后的长途上，就会成为一种惯性模式。即使有人后来改变了，人们还会留下记忆，很难洗得干净。

对此，我想提供一系列极有说服力的观察，证明年青时代恶劣行径必然污染终身。谁说"上帝也原谅年轻人的错误"？要说"原谅"，最多也只是"原谅"而已。

我在十九岁时遇到"文革"灾难，家破人亡，血泪斑斑。那一些施暴者，也是与我年龄差不多的年轻人，当时号称"造反派"，到处横冲直撞，无法无天。当时我想，他们也许是一时受到蒙蔽吧，以后会不会痛改前非？但奇怪的是，那么多年过去了，时势已经发生了一轮轮巨大的变化，他们也渐渐经历了中年，进入了老年，却没有一个人真正洗心革面。他们当然不可能再冲冲杀杀了，但是，不管从事什么工作，总是隐含着"造反派"的脾气，因此在任何一个行业，都难以取得杰出而又稳定的成就。我和一些朋友曾经为此排列过一个庞大的名单，一一查对，没有例外。由此得出结论，年轻时对世界的伤害，其实是对自己的终身性伤害。

比这些"造反派"晚了整整一代，中国已经进入改革开放的新时期，照理当时的年轻人应该很幸福了。但不幸，文化教育领域还在延续着"整人"狂潮，那些刚刚从大学毕业的年轻人一时成了在传媒间咬人、毁人的文化暴徒。我当时已成为教师，在竭力劝阻之余，总希望他们总会有一天从文化破坏转向文化建设，甚至成为一代英才。但是，这事也已经过去二三十年了，那些文化暴徒的名单人们还依稀记得，却没有一个真正成才。我和很多朋友一直在期待着"浪子回头金不换"的范例，但直到今天还是彻底失望。他们当年拿笔毁人时还那么年轻，怎么就永远无法自拔了呢？怎么在不再毁人之后也一无成绩了呢？

对于这个问题，我深感神秘。人生就像一个长卷，再多的笔墨也救不了卷首的败笔。败笔越是"响亮"，后果越是狼狈。怎么会是这样？我还找不到充分的逻辑。排列在眼前的，只是一生所见的无数事实。

这就是青年时代的陷阱，很难跳得出来的陷阱。

因此，我总是规劝年轻人步履小心。"一失足成千古恨"，并非虚言。

六、中年的重量

与青年不同，中年，是诸多人生责任的汇集地。

中年，不像青年那样老是受到赞美，也不像老年那样老是受到尊敬。但是，这是人生的重心所在，或用阿基米德的说法，是支点所在。

中年的主要特点，是当家。

当家，是最后一次精神断奶。你由此成了社会结构中独立的一个点，诸力汇注，众目睽睽，不再躲闪，不可缺少。当家，使你空前强大又孤立无援，因为你已经有权决定很多重大问题，甚至关及他人生态。

中年女子如果在当过了家庭主妇之后，再当一次社会上的"大家"，那就有可能洗刷琐屑而变得大气。中年男子当家，则会使人们产生安全感，从而形成一种稳定而可信的"被依靠风范"。

见过不少智商不低的中年文人，他们的言论常常失之于偏激，他们的情绪常常受控于谣传，他们的主张常常只图个痛快，他们的判断常常不符合实情。他们的这些毛病，阻隔了一个成熟生命与外部世界的对应，剥夺自己的一系列让人尊敬的理性权利，让人深感可惜。如果他们人品不错，能力尚可，我就会建议他们，无论如何当一次家，哪怕是担任一个业务部门的经理，一个建筑工地的主管，一个居民小组的组长，都是好的。

我见过很多言辞滔滔的"意见领袖"，既有学历，又有专业，但由于没有当过家，因此也没有进入真正成熟的中年。他们满脑子都是一条条线，一个个圈，一堆堆是非，一重重攻守，弄得别人很累，自己也累。如果他们当了家，就会渐渐学会，切实地面对各种具体现象，灵活地解决各种麻烦问题，结果，他们自己也就从烦琐走向空灵，从沉闷走向敞亮，从低能走向高能。这就是当家所带来的人生成果。

中年人最大的危险是失去方寸。失去方寸的主要特征是忘记了自己的应该当家的身份。一会儿要别人像对待青年那样关爱自己，一会儿又要别人像对待老人那样尊敬自己，他永远生活在中年之外的两端。明明是一个大男人，却不能对稍稍麻烦一点的问题做出决定，出了什么事情又逃得远远的，不敢负太多的责任。在家里，他们训斥孩子就像顽童吵架。对妻子，他们也会轻易地倾泻出自己的精神垃圾，全然忘却自己是这座情感楼宇的顶梁柱。甚至对年迈的父母，他们也会赌气怄气，伤害着与自己密切相关的衰弱身影。

这也算中年人吗？真让人惭愧。

我一直认为，某个时期，某个社会，即使所有的青年人和老年人都荒唐了，只要中年人不荒唐，事情就坏不到哪里去。

中年人最大的荒唐，就是忘记了自己是中年。

忘记自己是中年，也是人生本身的重大损失。到中年，青涩的生命之果已经发育得健硕丰满，喧闹的人生搏斗已经沉淀得沉静从容，多重的社会责任已经溶解为生活情态，焦躁的身心矛盾已经平缓地把握在自己手中。

中年总是很忙，因此也总是过得飞快。来不及自我欣赏，就到了老年。匆忙中的中年之美，由生命自身灌溉，因此即便在无意间也总是体现得风度翩翩。失去了中年之美，延期穿着少女健美服，或者提早打起了老年权威腔，实在太不值得。作弄自己倒也罢了，活生生造成了自然生态的颠倒和浪费，真不应该。

七、老年的诗化

终于到了老年。

老年是如诗的年岁。这种说法不是为了奉承长辈。

中年太实际、太繁忙，在整体上算不得诗。青年时代常常被诗化，但青年时代的诗太多激情而缺少意境，而缺少意境就算不得好诗。

只有到了老年，沉重的人生使命已经卸除，生活的甘苦也大体了然，万丈红尘移到了远处，宁静下来了的周际环境和逐渐放慢了的生命节奏，构成了一种总结性、归纳性的轻微和声。于是，诗的意境出现了。

除了部分命苦的老人，在一般情况下，老年岁月总是比较悠闲。老年，有可能超越功利而面对自然，更有可能打开心扉而纵情回忆。这一切，都带有诗和文学的意味。

老年人可能不会写诗，却以诗的方式生存着。看街市忙碌，看后辈来去，看庭花凋零，看春草又绿，而自己的思绪则时断时续、时喜时悲、时真时幻。这一切，都是诗的意境。

当然，他们也会产生越来越多的生理障碍。但是，即便障碍也有可能构成一种特别深厚的审美形态。就像我们面对枝干斑驳的老树，老树上的枯藤残叶，在夕阳下微笑灿烂。

我想，对老年人最大的不恭，是故意讳言他的老。好像老有什么错，丢了什么丑。一见面都说"不老，不老"，这真让老人委屈。

既然"不老"，那就要老人们继续站在第一线了。中国的儒家传统又提供了"以老为上"的价值坐标，使很多老人一直不适当地占据着很多镜头和版面。结果反而把老人们折腾得失控、失态，成为社会的一个负担。

记得很多年前，在上海的一次创作活动中，我们像很多中国人一样，不必要地延请了一位已经没有参加能力的老人挂名。这使老人产生了错乱，拿着一些小事大发雷霆。其他不知内情的老人出于年龄上的移情，也以为他受了中年人的欺侮，纷纷叫嚷。结果，大家都不知道如何来收拾这一场"银发闹剧"。就在这时，一位比他们更老的长者黄佐临先生站出来了，三言两语就平息了事端。

黄佐临先生以自己的"高龄特权"，制服了比他低几层的"高龄特权"，真可谓"以物克物，以老降老"。

我在这一事件中，第一次惊叹高龄的神奇魅力。月白风清间，一双即将握别世界的手，指点了一种诗化的神圣。

从这个意义上说，老人，有可能保持永久的优势，直到他们生命终了。

谈老年，避不开死亡的问题。

不少人把死亡看成是人生哲学中最大的问题，看成是解开生命之谜的钥匙。这个题目很大，此处不做评述。我感兴趣的只是，有没有可能让死亡也走向诗化？

年迈的曹禺照着镜子说，上帝先让人们丑陋，然后使他们不再惧怕死亡。这种说法不乏机智，却过于悲凉。

见一位老人在报刊上发表遗嘱，说自己死后只希望三位牌友聚集在厕所里，把骨灰向着抽水马桶倾倒，一按水阀，三声大笑。这是一种潇洒，但潇洒得过于彻底，贬低了生命之尊。

我喜欢英国哲学家罗素的一个比喻。仅仅一个比喻就把死亡的诗化意义挖掘出来了。

罗素说，生命是一条江，发源于远处，蜿蜒于大地，上游是青年时代，中游是中年时代，下游是老年时代。上游狭窄而湍急，下游宽阔而平静。什么是死亡？死亡就是江河入大海，大海接纳了江河，又结束了江河。

真是说得不错，让人心旷神怡。

涛声隐隐，群鸥翱翔。

一个真正诗化了的年岁。

临终之教

一、中国式的遗憾

有一个问题百思不得其解：人人都在苦恼人生，但是谁也不愿意多谈人生。为什么？

想来想去，我觉得有两个原因：

一、人生的课题与每个人有关，却不是一个专业，因此也没有专家。随口一谈就像是专家了，有冒充之嫌。

二、有能力谈的人一定还活着，而人生课题的焦点却在最后的时刻。未及焦点，谈之浅矣。

我曾设想过，有资格谈论人生的人，一定是一个临终者，而他的思维等级和表述等级又足以让人信任。

这样的人当然不少，但在中国，他们失去了谈论的权利。

原因是，按照中国民间的习惯，不允许临终者平静地说很多话。只有忙碌抢救，一片呼喊，一片哭声。

模式化的临终，模式化的送别，剥夺了太多的珍贵。按照不少人的说法，这是中国亲情伦理的最终爆发方式。但在我看来，也可能是最终遗憾之处。

在病房杂乱的脚步声中，老人浑浊的双眼是否突然一亮，想讲一些超越实际事务的话语？一定有过的，但身边的子女和护理人员完全不会在意。

老人的衰弱给了子女一种假象，以为一切肢体的衰弱必然伴随着思维的衰弱。其实，老人在与死亡近距离对峙的时候很可能会有超常的思维迸发，这种迸发集中了他一生的热量又提纯为青蓝色的烟霞，飘忽如缕、断断续续，却极其珍贵。

人们只是在挽救着他们衰弱的肢体，而不知道还有更重要的挽救。多少父母临终前对子女的最大抱怨，也许正是在一片哭声、喊声中没有留出一点儿安静让他们把那些最后感悟说完。

也有少数临终老人，因身份重要而会面对一群宁静的聆听者和记录者。他们的遗言留于世间，大家都能读到，但多数属于对功过的总结，对事业的安排，却不以人生为焦点。死亡对他们来说，只是一项事业的中断。生命乐章在尾声处，并没有以生命本身来演奏。

凡此种种，都难以弥补。

于是，冥冥中，大家都在期待着另一个老人。

他不太重要，不必在临终之时承担太多的外界使命；

他应该很智慧，有能力在生命的绝壁上居高临下地来俯视众生；

他应该很了解世俗社会，可以使自己的最终评判产生广泛的针对性；

他，我硬着心肠说，临终前最好不要有太多子女围绕，使他有可能系有序地说完自己想说的话,就像一个教师在课堂里一样……

那么对了,这位老人最好是教师,即使在弥留之际也保留着表述能力。听讲者,最好是他过去的学生。

这种期待,来自多重逻辑推衍,似乎很难实现。但他果然出现了,不是出现在中国,而是出现在美国,出现后又立即消失。一切与我们的期待契合。

对我来说,他的出现,可以一补多年来一直挂怀于心的中国式的遗憾。

他叫莫里·施瓦茨,社会学教授,职业和专业与我们的期待简直天衣无缝。他已年迈,患了绝症,受一家电视台的"夜线"节目采访,被他十六年前的一位学生,当今的作家、记者米奇·阿尔博姆偶尔看到。学生匆匆赶来看望即将离世的老师,而老师则宣布要给这位学生上最后一门课,每星期一次,时间是星期二。这样的课程没有一位学生会拒绝,于是,每星期二,这位学生坐飞机飞行七百英里,赶到病床前去上课。

这门课讲授了十四个星期,最后一课则是葬礼。老师谢世后,这位学生把听课笔记整理了一下交付出版,题目就叫"相约星期二"。这本书引起了全美国的轰动,连续四十四周名列美国图书畅销排行榜。

看来,像我一样期待着的人实在不少,而且不分国籍。因此,我要把它推荐给中国读者。

二、与生活讲和

翻阅这份听课笔记时我还留有一点儿担心,生怕这位叫莫里的老人在最后的课程中出现一种装扮。病危老人的任何装扮，不管是稍稍夸张了危急，还是稍稍夸张了乐观，都是可以理解的，但又最容易让人不安。

莫里老人没有掩饰自己的衰弱和病况。学生米奇去听课时，需要先与理疗师一起拍打他的背部，而且要拍得很重。目的是要拍打出肺部的毒物，以免肺部因毒物而硬化，不能呼吸。请想一想，学生用拳头一下一下重重地叩击着病危老师裸露的背，这种用拳头砸出最后课程的情景是触目惊心的。没想到被砸的老师喘着气说："我……早就知道……你想……打我……"

学生接过老师的幽默，说："谁叫你在大学二年级时给了我一个B！再来一下重的！"

——读到这样的记述，我就放心了。莫里老人的心态太健康了，最后的课程正是这种健康心态的产物。

他几乎是逼视着自己的肌体如何一部分一部分衰亡的，今天到哪儿，明天到哪儿，步步为营，逐段摧毁。这比快速死亡要残酷得多，简直能把人逼疯。然而莫里老人是怎样面对的呢？

他说，我的时间已经到头了，自然界对我的吸引力就像我第一次看见它时那样强烈。

他觉得也终于有了一次充分感受身体的机会，而以前却一直没有这么做。

对于别人的照顾，开始他觉得不便，特别是作为一位绅士，最不愿意接受那种暴露和照顾。但很快，又释然了。他说：

我感觉到了依赖别人的乐趣。现在当他们替我翻身、在我背上涂擦防止长疮的乳霜时，我感到是一种享受。当他们替我擦脸或按摩腿部时，我同样觉得很受用。我会闭上眼睛陶醉在其中。一切都显得习以为常了。

这就像回到了婴儿期。有人给你洗澡，有人抱你，有人替你擦洗。我们都有过当孩子的经历，它留在了你的大脑深处。对我而言，这只是在重新回忆起儿时的那份乐趣罢了。

这种心态足以化解一切人生悲剧。

他对学生说，有一个重要的哲理需要记住：如果拒绝衰老和病痛，一个人就不会幸福。因为衰老和病痛总会来，你为此担惊受怕，却又拒绝不了它，那还会有幸福吗？他由此得出结论：

你应该发现你现在生活中的一切美好、真实的东西。回首过去会使你产生竞争的意识，而年龄是无法竞争的。……当我应该是个孩子时，我乐于做个孩子；当我应该是个聪明的老头时，我也乐于做个聪明的老头。我乐于接受自然赋予我的一切权利。我属于任何一个年龄，直到现在的我。你能理解吗？我不会羡慕你的人生阶段——因为我也有过这个人生阶段。

这真是一门深刻的大课了。环顾我们四周，有的青年人或漠视青春，或炫耀强壮；有的中年人或揽镜自悲，或扮演老成；有的老年人或忌讳年龄，或倚老卖老……实在都有点儿可怜，都应该来听听莫里老人的最后课程。

特别令我感动的是，莫里老人虽然参透了这一切，但在生命的最后几天还在恭恭敬敬地体验，在体验中学习，在体验中备课。

体验什么呢？体验死亡的来临。他知道这是人生课程中躲避不开的重要一环，但在以前却无法预先备课。

就在临终前的几天，他告诉学生，做了一个梦，在过一座桥，去到一个陌生的地方。"我感觉到我已经能够去了，你能理解吗？"

当然能理解，学生安慰性地点头。但老人知道学生一定理解不深，因为还缺少体验。于是，接下来的话又是醍醐灌顶：如果早知道面对死亡可以这样平静，我们就能应付人生最困难的事情了。

"什么是人生最困难的事情？"学生问。

——与生活讲和。

一个平静而有震撼力的结论。

在死亡面前真正懂得了与生活讲和，这简直是一个充满哲理的审美现场。

莫里老人说，死亡是一种自然，人平常总觉得自己高于自然，其实只是自然的一部分罢了。那么，就在自然的怀抱里讲和吧。

讲和不是向平庸倒退，而是一种至高的境界，莫里的境界时时让大家喜悦。那天莫里设想着几天后死亡火化时的情景，突然一句玩笑把大家逗乐了:"千万别把我烧过了头。"

然后,他设想自己的墓地。他希望学生有空时能去去墓地,还有什么问题尽管问。

学生说,我会去,但到时候听不见你说的话了。

莫里笑了,说:"到时候,你说,我听。"

山坡上,池塘边,一个美丽的墓地。课程在继续,老师闭眼静躺,学生来了,老师早就嘱咐过:你说,我听。请说说你遇到的一切麻烦问题,我已做过提示,答案由你自己去寻找,这是课外作业。

境界,让死亡也充满韵味。

死亡,让人生归于纯净。

三、文化的误导

描画至此,我想人们已可想象这门最后课程的主要内容。

莫里老人在乐滋滋地体验死亡的时候,发现了一个重大问题。

他不希望把最后的发现留给宁静的墓地。这个最后发现,是对人类文化的告别性反思。

莫里老人认为,人类的文化和教育造成了一种错误的惯性,一代一代地误导下去,应该引起人们注意。

什么误导呢?

我们的文化不鼓励人们思考真正的大问题,而是吸引人们关注一大堆实利琐事。

上学、考试、就业、升迁、赚钱、结婚、贷款、抵押、买车、买房、装修……层层叠叠，一切都是为了活下去，而且总是企图按照世俗的标准活得像样一些。大家似乎已经很不习惯在这样的思维惯性中后退一步，审视一下自己，问：难道这就是我一生所需要的一切？

由于文化不鼓励这种后退一步的发问，因此每个人真实的需要被掩盖了。"需要"变成了"想要"，而"想要"的内容则来自于左顾右盼之后与别人的盲目比赛。

明明营养已够，但所谓"饮食文化"却把这种实际需要推到了山珍海味、极端豪华的地步；明明只求安居，但"装潢文化"却把这种需要异化为宫殿般的奢侈追求……大家都像马拉松比赛一样跑得气喘吁吁，劳累和压力远远超过了需要，也超过了享受本身。

莫里老人认为，这是文化和教育灌输的结果，他说：

> 拥有越多越好。钱越多越好。财富越多越好。商业行为也是越多越好。越多越好。越多越好。我们，反复地对别人这么说——别人又反复地对我们这么说——一遍又一遍，直到人人都认为这是真理。大多数人会受它迷惑而失去自己的判断能力。

莫里老人认为，这是美国教育文化的主要弊病。我想在这一点上，我们中国人没有理由沾沾自喜，觉得弊病比他们轻。在过去经济不景气的时代，人们想拥有物质而不可能，在权位和虚名的追逐上也是越多越好，毫不餍足，其后果比物质追求更坏，这是大家都看到了的；等到社会经济快速发展，原先的追求并不减退，又快速补上物质的追求，真可以说是变本加厉，这也是大家都看到了的。

莫里老人呼吁人们阻断这种全球性的文化灌输，从误导的惯性里走出来。

他认为躲避这种文化灌输不是办法，实际上也躲不开。明明躲不开还假装在躲，那就是虚伪。

唯一的办法是不要相信原有文化，为建立自己的文化而努力。

但是莫里老人很温和，不想在这个问题上成为破旧立新的闯将。他说，在文化的一般准则上，我们仍然可以遵循。例如人类早已建立的交通规则、文明约定，没有必要去突破。但对于真正的大问题，例如逐渐疏远物质追逐、坚定确立对社会的责任和对他人的关爱等等，必须自己拿主意，自己做判断。不要胡乱参照他人，来代替自己的选择。

简言之，不要落入"他人的闹剧"。

临终前几天，他思考了一个人的最低需要和最高需要，发现两者首尾相衔。他与学生讨论，如果他还有完全健康的一天，他会做什么。他想来想去，最满意的安排是这样的：

早晨起床，进行晨练，吃一顿可口的、有甜面包卷和茶的早餐。然后去游泳，请朋友们共进午餐，我一次只请一两个，于是我们可以谈他们的家庭，谈他们的问题，谈彼此的友情。

然后我会去公园散步，看看自然的色彩，看看美丽的小鸟，尽情地享受久违的大自然。

晚上，我们一起去饭店享用上好的意大利面食，也可能是鸭子——我喜欢吃鸭子——剩下的时间就用来跳舞。我会跟所有的人跳，直到跳得精疲力竭。然后回家，美美地睡上一个好觉。

学生听了很惊讶，连忙问："就这些？"

老人回答："就这些。"

不可能再有的一天，梦幻中的二十四小时，居然不是与意大利总统共进午餐，去海边享受奇异和奢侈！但再一想，学生明白了：这里有一切问题的答案。

如果就个人真正需要而言，一切确实不会太多。甜面包卷和茶，最多是喜欢吃鸭子，如此而已。意大利总统的午餐，奇异和奢侈，全是个人实际需要之外的事。于是，在无情地破除一系列自我异化的物态追求之后，自私变成了一种没有任何意义的无聊行为。

真正的自我在剥除虚妄后变得既本真又空灵。这样的自我不再物化，不再忙着从外部世界争夺利益向自身搬运，而只会反过来，把自身向外敞开，在自己对他人的关爱中来建立起生命的价值。

在莫里看来，既然物质的需要微不足道，那么对他人的关爱就成了验证自身生命价值的迫切需要。生命如果没有价值，也就没有存在的必要。而这种价值的最高体现，就是使很多其他生命因你而安全，而高兴，而解困。

莫里老人在最后的课程中一遍遍重申：

> 人生最重要的是学会如何施爱于人，并去接受爱。
> 爱是唯一的理性行为。
> 相爱，或者死亡。
> 没有了爱，我们便成了折断翅膀的小鸟。

莫里老人对爱的呼唤，总是强调社会的针对性：

> 在这个社会，人与人之间产生一种爱的关系是十分重要的，因为我们文化中的很大一部分，并没有给予你这种东西。
> 要有同情心，要有责任感。只要我们学会了这两点，这个世界就会美好得多。
> 给予他们你应该给予的东西。
> 把自己奉献给爱，把自己奉献给社区，把自己奉献给能够给予你目标和意义的那些创造。

我忍不住摘录了莫里老人的这么多话。读者如果联想到这些话的字字句句，全都出自一个靠着重力敲打才能呼吸的老人之口，一定也会同样珍惜。

他的这些话是说给学生米奇听的，米奇低头在本子上记录，目的是不让老人看到自己的眼睛。米奇的眼神一定有点儿慌乱，因为他毕业后狠命追求的东西正是老人宣布要摈弃的，而老人在努力呼吁的东西，自己却一直漠然。

老人发现了学生的神情，因此讲课变成了劝告：

> 米奇，如果你想对社会的上层炫耀自己，那就打消这个念头，他们照样看不起你。如果你想对社会底层炫耀自己，也请打消这个念头，他们只会忌妒你。身份和地位往往使你无所适从，唯有一颗坦诚的心方能使你悠悠然地面对整个社会。

说到这里，他停顿了，看了学生一眼，问："我就要死了，是吗？"学生点头。他又问："那我为什么还要去关心别人呢？难道我自己没在受罪？"

这是一个最尖锐的问题。莫里老人自己回答道：

> 我当然在受罪。但给予他人，能使我感到自己还活着。汽车和房子不能给你这种感觉，镜子里照出的模样也不能给你这种感觉。只有当我奉献出了时间，当我使那些悲伤的人重又露出笑颜，我才感到我仍像以前一样健康。

这样，他就道出了生命的根本意义。在我看来，这就是莫里老人最后课程的主旨。

因此，学生懂了：老人的健康心态并不是心理调节的结果，他有一种更大的胸怀。什么叫作活着？答曰：一个能够救助其他生命体的生命过程。

床边的人在为他的病痛难过，他却因此想到了世界上比自己更痛苦的人。结果，全部自身煎熬都转化成了关爱。

学生们原来为了分散他的病痛而让他看新闻，而他却看着看着突然扭过头去，为新闻中半个地球之外的人在悄悄流泪。

四、终身的教师

老人的这种胸怀，是宣讲性的，又是建设性的，直到生命的最后时刻还在建设。

他的有些感受，是讲课前刚刚才获得的。譬如他此刻又流泪了，是为自己没有原谅一位老友而后悔。老友曾让自己伤心，但现在老友死了，死前曾多次要求和解，均遭自己拒绝。现在莫里一回想，无声地哭泣起来，泪水流过面颊，淌进了嘴唇。但他立即又意识到，应该原谅别人，也应该原谅自己，至少在今天，不能让自己在后悔中不可自拔。人生，应该沉得进去，拔得出来。

这是一种身心的自我洗涤，洗去一切原先自认为合理却不符合关爱他人、奉献社会的大原则的各种污浊，哪怕这种污浊隐藏在最后一道人生缝隙里。他把自己当作了课堂上的标本，边洗涤、边解剖、边讲解，最后的感受就是最后一课，作为教师，他明白放弃最后一课意味着什么。

由此想到天下一切教师，他们在专业教育上的最后一课都有案可查，而在人生课程上，最后一课一定也会推延到弥留之际。可惜那时他们找不到学生了，缥缈的教室里空无一人。最重要的话语还没有吐出，就听到了下课铃声。

毕竟莫里厉害，他不相信一个教师张罗不出一个课堂，哪怕已到了奄奄一息的时分。果然他张罗起来了，允许电视镜头拍下自己的衰容，然后终于招来学生，最后，他知道，这门课程的听讲者将会遍布各地。

一天，他对米奇说，他已经拟定自己墓碑的碑文。碑文是："一个终身的教师。"

十分收敛，又毫不谦虚。他以最后的课程，表明了这一头衔的重量。

现在，他已在这个碑文下休息，却把课堂留下了。

课堂越变越大，眼看已经延伸到我们中国来了。我写这篇文章，是站在课堂门口，先向中国的听课者们招呼几声。

课，每人自己慢慢去听。

（本文是为《相约星期二》中文版写的序。本书出版后大为畅销，很快成为"全国十年来最畅销的十本书"之一。在那十本书中，我已占了三本，有了它，就被广泛报道为"十本书中一人独占四本"。其实这一本不应该算在我的名下，我只是写了这篇序言。）

余秋雨主要著作选目

《文化苦旅》
《千年一叹》
《行者无疆》

《中国文脉》
《君子之道》
《修行三阶》
《极品美学》

《老子通释》
《周易简释》
《佛典简释》
《文典译写》
《山川翰墨》

《借我一生》
《门孔》
《雨夜短文》

《冰河》（小说及剧本）
《空岛·信客》（小说）

《世界戏剧学》

《中国戏剧史》
《观众心理学》
《艺术创造学》

《北大授课》
《境外演讲》
《台湾论学》

注：由以上简目所编"余秋雨定稿合集"，将由磨铁图书陆续推出。

此外，还出版过大量书籍，均在海内外获得畅销。例如：《山居笔记》、《文明的碎片》、《霜冷长河》、《何谓文化》、《寻觅中华》、《摩挲大地》、《晨雨初听》、《笛声何处》、《掩卷沉思》、《欧洲之旅》、《亚非之旅》、《心中之旅》、《人生风景》、《倾听秋雨》、《中华文化·从北大到台大》、《古圣》、《大唐》、《诗人》、《郁冈》、《秋雨翰墨》、《新文化苦旅》、《中华文化四十八堂课》、《南冥秋水》、《千年文化》、《回望两河》、《舞台哲理》、《游走废墟》等。

"余秋雨翰墨展"中个人著作的集中展览

余秋雨文化大事记

· 1946年8月23日出生于浙江省余姚县桥头镇（今属慈溪），在家乡读完小学。

· 1957年至1963年，先后就读于上海新会中学、晋元中学、培进中学至高中毕业。其间，曾获上海市作文比赛首奖、上海市数学竞赛大奖。

· 1963年考入上海戏剧学院戏剧文学系，但入学后以下乡参加农业劳动为主。

· 1966年夏天遇到了一场极端主义的政治运动，家破人亡。父亲余学文先生因被检举有"错误言论"而被关押十年，全家八口人经济来源断绝；唯一能接济的叔叔余志士先生又被造反派迫害致死。1968年被发配到军垦农场服劳役，每天从天不亮劳动到天全黑，极端艰苦。

· 1971年"九一三事件"后，周恩来总理为抢救教育而布置复课、编教材。从农场回上海后被分配到"各校联合教材编写组"，但自己择定的主要任务是冒险潜入外文书库独自编写《世界戏剧学》，对抗当时以"八个革命样板戏"为代表的文化极端主义。

· 1976年1月，编写教材被批判为"右倾翻案"，又因违反禁令主持周恩来的追悼会而被查缉，便逃到浙江省奉化县大桥镇半山一座封闭的老藏书楼研读中国古代文献，直至此年10月那场政治运动结束，下山返回上海。

· 1977年至1985年，投入重建当代文化的学术大潮，陆续出版了《世界戏剧学》、《中国戏剧史》、《观众心理学》、《艺术创造学》、*Some Observations on the Aesthetics of Primitive Chinese Theatre* 等一系列学术著作，先后获全国优秀教材一等奖、上海哲学社会科学著作奖、全国戏剧理论著作奖。

· 1985年2月，由上海各大学的学术前辈联名推荐，在没有担任过副教授的情况下直接晋升为正教授。

· 1986年3月，因国家文化部在上海戏剧学院举行的三次民意测验中均名列第一，被任命为上海戏剧学院副院长、院长。主持工作一年后，即被文化部教育司表彰为"全国最有现代管理能力的院长"之一。与此同时，又出任上海市咨询策划顾问、上海市写作学会会长、上海市中文专业教授评审组组长兼艺术专业教授评审组组长。被授予"国家级突出贡献专家"、"上海十大高教精英"等荣誉称号。

· 1989年至1991年，几度婉拒了升任更高职位的征询，并开始向国家文化部递交辞去院长职务的报告。辞职报告先后共递交了23次，终于在1991年7月获准辞去一切行政职务，包括多种荣誉职务和挂名职务。辞职后，孤身一人从西北高原开始，系统考察中国文化的重要遗址。当时确定的考察主题是"穿越百年血泪，寻找千年辉煌"。在考察沿途所写的"文化大散文"《文化苦旅》、《山居笔记》等，快速风靡全球华文读书界，由此成为最具影响力的华文作家之一。

· 1991年5月，发表《风雨天一阁》，在全国开启对历代图书收藏壮举的广泛关注。

· 1992年2月开始，先后被多所著名大学聘为荣誉教授或兼职教授，例如复旦大学、上海交通大学、同济大学、上海大学、中国科技大学、西安交通大学等。

· 1993年1月，发表《一个王朝的背影》，充分肯定少数民族王朝入主中原的特殊生命力，重新评价康熙皇帝，开启此后多年"清宫戏"的拍摄热潮。

· 1993年3月，发表《流放者的土地》，系统揭示清朝统治集团迫害和流放知识分子的凶残面目，并展现筚路蓝缕的"流放文化"。

· 1993年7月，发表《苏东坡突围》，刻画了中国文化史上最有吸引力的人格典范，借以表现优秀知识分子所必然面临的一层层来自朝廷和同行的酷烈包围圈，以及"突围"的艰难。此文被海峡两岸暨香港、澳门的报刊广为转载。

· 1993年9月，发表《千年庭院》，颂扬了中国古代最优秀的教学方式——书院文化,发表后在全国教育界产生不小影响。

• 1993年11月,发表《抱愧山西》,系统描述并论证了中国古代最成功的商业奇迹——晋商文化,为当时正在崛起的经济热潮寻得了一个古代范本。此文发表后读者无数,传播广远。

• 1994年3月,发表《天涯故事》,梳理了沉埋已久的海南岛文化简史,并把海南岛文化归纳为"生态文明"和"家园文明",主张以吸引旅游为其发展前景。

• 1994年5月至7月,发表长篇作品《十万进士》(上、下),完整地清理了千年科举制度对中国文化的正面意义和负面意义。

• 1994年9月,发表《遥远的绝响》,描述魏晋名士对中国文化的震撼性记忆。由于文章格调高尚凄美,一时轰动文坛。

• 1994年11月,发表《历史的暗角》,系统列述了"小人"在中国文化中的隐形破坏作用,以及古今君子对这个庞大群体的无奈。发表后在海峡两岸暨香港、澳门引起巨大反响,被公认为"研究中国负面人格的开山之作"。

• 1995年4月,应邀为四川都江堰题写自拟的对联"拜水都江堰,问道青城山",镌刻于该地两处。

• 1996年7月,多家媒体经调查共同确认余秋雨为"全国被盗版最严重的写作人",由此被邀请成为"北京反盗版联盟"的唯一个人会员,并被聘为"全国扫黄打非督导员(督察证为B027号)"。

• 1998年6月,新加坡召集规模盛大的"跨世纪文化对话"而震动全球华文世界。对话主角是四个华人学者,除首席余秋雨教授外,还有哈佛大学的杜维明教授、威斯康星大学的高希均教授和新加坡艺术家陈瑞献先生。余秋雨的演讲题目是《第四座桥》。

• 1999年2月,为妻子马兰创作的剧本《秋千架》隆重上演,极为轰动,打破了北京长安大戏院的票房纪录。在台湾地区演出更是风靡一时,场场爆满。

• 1999年开始,引领和主持香港凤凰卫视对人类各大文明遗址的历史性考察,成为目前世界上唯一贴地穿越数万公里危险地区的人文教授,也是"9·11"事件之前最早向文明世界报告恐怖主义控制地区实际状况的学者。由此被日本《朝日新闻》选为"跨世纪十大国际人物"。

• 2002年4月，应邀为李白逝世地撰写《采石矶碑》(含书法)，镌刻于安徽马鞍山三台阁。

• 从2000年开始，由于环球考察在海内外所造成的巨大影响，国内一些媒体为了追求"逆反刺激"的市场效应而发起诽谤。先由北京大学一个学生误信了一个上海极左派文人的传言进行颠倒批判，即把当年冒险潜入外文书库独自编写《世界戏剧学》的勇敢行动诬陷为"文革写作"，并误植了笔名"石一歌"。由此，形成十余年的诽谤大潮，并随之出现了一批"啃余族"。余秋雨先生对所有的诽谤没有做任何反驳和回击，他说："马行千里，不洗尘沙。"

• 2003年7月，由于多年来在中央电视台的文化栏目中主持"综合文史素质测试"而成为全国观众的关注热点，上海一个当年的造反派代表人物就趁势做逆反文章，声称《文化苦旅》中有很多"文史差错"，全国上百家报刊转载。10月19日，我国当代著名文史权威章培恒教授发文指出，经他审读，那个人的文章完全是"攻击"和"诬陷"，而那个人自己的"文史知识"连一个高中生也不如。

• 2004年2月，由于有关"石一歌"的诽谤浪潮已经延续四年仍未有消停迹象，余秋雨就采取了"悬赏"的办法。宣布"只要证明本人曾用这个笔名写过一篇、一段、一节、一行、一句这种文章，立即支付自己的全年薪金"，还公布了执行律师的姓名。十二年后，余秋雨宣布悬赏期结束，以一篇《"石一歌"事件》做出总结。

• 2004年3月，参加联合国开发计划署《人类发展报告》的设计、研讨和审核。

• 2004年年底，被联合国教科文组织、北京大学、《中华英才》杂志社等单位选为"中国十大文化精英"、"中国文化传播坐标人物"。

• 2005年4月，应邀赴美国巡回演讲：

　　1) 4月9日讲《中国文化的困境和出路》(在纽约市立大学亨特学院)；

　　2) 4月10日讲《中国知识分子的问题所在》(在北美华文作家协会)；

　　3) 4月12日上午讲《空间意义上的中华文化》(在马里兰大学)；

4）4月12日下午讲《君子的脚步》(在华盛顿国会图书馆)；

5）4月13日讲《时间意义上的中华文化》(在耶鲁大学)；

6）4月15日讲《中国文化所追求的集体人格》(在哈佛大学)；

7）4月17日讲《中华文化的三大优势和四大泥潭》(在休斯敦美南华文写作协会)。

· 2005年7月20日，在联合国"世界文化大会"上发表主旨演讲《利玛窦的结论》，论述中国文明自古以来的非侵略本性，引起极大轰动。演说的论据，后来一再被各国政界、学界引用。收入书籍时，标题改为《中华文化的非侵略本性》。

· 2005年11月，应邀撰写《法门寺碑》(含书法)，镌刻于陕西法门寺大雄宝殿前的影壁。

· 2006年4月，应邀撰写《炎帝之碑》(含书法)，镌刻于湖南株洲炎帝陵纪念塔。

· 2005年至2008年，被香港浸会大学聘请为"健全人格教育奠基教授"，每年在香港工作时间不少于半年。

· 2006年，在香港凤凰卫视开办日播栏目《秋雨时分》，以一整年时间畅谈中华文化的优势和弱势，播出后在海内外产生广泛影响。

· 2007年1月，发表《问卜中华》，详尽叙述了甲骨文的出土在中国文明濒临湮灭的二十世纪初年所带来的神奇力量，同时论述了商代的历史面貌。

· 2007年3月，发表《古道西风》，系统叙述了中华文化的两大始祖老子和孔子的精神风采。

· 2007年5月，发表《稷下学宫》，对比古希腊的雅典学院，将两千年前东西方两大学术中心进行平行比照。

· 2007年7月，发表《黑色的光亮》，以充满感情的笔触表现了平民思想家墨子的人格光辉。

· 2007年8月，应邀为七十年前解救大批犹太难民的中国外交官何凤山博士撰写碑文（含书法），镌刻于湖南益阳何凤山纪念墓地。

· 2007年9月，发表《诗人是什么》，论述"中国第一诗人"屈原为华夏文明注入的诗化魂魄，分析了他获得全民每年纪念的原因，并解释了一些历史误会。

· 2007年11月，发表《历史的母本》，以最高坐标评价了司马迁为整个中华民族带来的历史理性和历史品格。

· 2008年5月12日，中国发生"汶川大地震"，第一时间赶到灾区参加救援。见到遇难学生留在废墟间的破残课本，决定以夫妻两人三年薪水的总和默默捐建三个学生图书馆，却被人在网络上炒作成"诈捐"，在全国范围喧闹了两个月之久。后由灾区教育局一再说明捐建实情，又由王蒙、冯骥才、张贤亮、贾平凹、刘诗昆、白先勇、余光中等名家纷纷为三个学生图书馆题词，风波才得以平息。

· 2008年9月，上海市教育委员会颁授成立"余秋雨大师工作室"。上海市静安区政府决定为"余秋雨大师工作室"赠建办公小楼。

· 2008年12月，为妻子马兰创作的中国音乐剧《长河》在上海大剧院隆重上演，受到海内外艺术精英的极高评价。

· 2009年5月，应邀为山西大同云冈石窟题词"中国由此迈向大唐"，镌刻于石窟西端。

· 2010年1月，《扬子晚报》在全国青少年读者中做问卷调查"你最喜爱的中国当代作家"，余秋雨名列第一。"冠军奖座"是钱为教授雕塑的余秋雨铜像。

· 2010年3月27日，获澳门科技大学所颁"荣誉文学博士"称号。同时获颁荣誉博士称号的有袁隆平、钟南山、欧阳自远、孙家栋等著名专家。

· 2010年4月30日，接受澳门科技大学任命，出任该校人文艺术学院院长。宣布在任期间每年年薪五十万港元全数捐献，作为设计专业和传播专业研究生的奖学金。

· 2010年5月21日，联合国发布自成立以来第一份以文化为主题的"世界报告"，发布仪式的主要环节，是联合国教科文组织总干事博科娃女士与余秋雨先生进行一场对话。余秋雨发言的标题为《驳"文明冲突论"》。

余秋雨文化大事记 | 243

- 2012年1月至9月，最终完成以莱辛式的"极品解析"方法来论述中国美学的著作《极品美学》。

- 2012年10月12日，中国艺术研究院成立"秋雨书院"。北京众多著名学者、企业家出席成立大会，并热情致辞。该书院是一个培养博士生的高层教学机构，现培养两个专业的博士研究生：一、中国文化史专业；二、中国艺术史专业。

- 2013年10月18日下午，再度应邀赴美国纽约联合国总部大厦演讲《中华文化为何长寿》。当天联合国网站将此演讲列为国际第一要闻。

- 2013年10月20日，在纽约大学演讲《中国文脉简述》。

- 2013年12月，完成庄子《逍遥游》的巨幅行草书写，并将《逍遥游》译成可诵可吟的现代散文。

- 2014年1月，完成屈原《离骚》的巨幅行书书写，并将《离骚》译成可诵可吟的现代散文。

- 2014年1月31日，完成《祭笔》。此文概括了作者自己握笔写作的艰辛历程。

- 2014年3月，发表以现代思维解析《般若波罗蜜多心经》的文章《解经修行》，并由此开始写作《修行三阶》、《〈金刚经〉简释》、《〈坛经〉简释》。

- 2014年4月，《余秋雨学术六卷》出版发行。

- 2014年5月，古典象征主义小说《冰河》（含剧本）出版发行。

- 2014年8月，系统论述中华文化人格范型的《君子之道》出版发行，立即受到海峡两岸读书界的热烈欢迎。

- 2014年10月，《秋雨合集》二十二卷出版发行。

- 2014年10月28日，出任上海图书馆理事长。

- 2015年3月，再度应邀在海峡对岸各大城市进行"环岛巡回演讲"，自台北市、新北市、台中市到高雄市。双目失明的星云大师闻讯后从澳大利亚赶回，亲率僧侣团队到高雄车站长时间等待和迎接。这是余秋雨自1991年后第四次大规模的环岛演讲。本次演讲的主题是"中华文化和君子之道"。

- 2015年4月，悬疑推理小说《空岛》和人生哲理小说《信客》出版。

- 2015年9月，应邀为佛教胜地普陀山书写《心经》，镌刻于该岛回澜亭。

- 2016年3月，应邀为佛教胜地宝华山书写《心经》，镌刻于该山平台。

- 2016年7月，中华书局出版《中华文化读本》七卷，均选自余秋雨著作。

- 2016年11月，被选为世界余氏宗亲会名誉会长。

- 2017年5月25日至6月5日，中国美术馆举办"余秋雨翰墨展"（中国艺术研究院主办），参观者人山人海，成为中国美术馆建馆半个多世纪以来最为轰动的展出之一。中国文联主席兼中国作协主席铁凝说："这个展览气势恢宏，彰显了秋雨先生令人慨叹的文化成就，使我对先生的为人和为文有了新的感受。"中国书法家协会原主席张海说："即使秋雨先生没有写过那么多著作，光看书法，也是真正专业的大书法家。"国务院参事室主任王仲伟说："余先生的书法作品，应该纳入国家收藏。"据统计，世界各地通过网络共享这次翰墨展的华侨人数，超过千万。

- 2017年9月，记忆文学集《门孔》出版发行。此书被评为《中国文脉》的当代续篇，其中有的文章已成为近年来网上最轰动的篇目。作者以自己的亲身交往描写了巴金、黄佐临、谢晋、章培恒、陆谷孙、星云大师、饶宗颐、金庸、林怀民、白先勇、余光中等一代文化巨匠，同时也写了自己与妻子马兰的情感历程。作者对《门孔》这一书名的阐释是："守护门庭，窥探神圣。"

- 2017年12月，《境外演讲》出版发行。此书收集了作者在联合国的三次演讲，又汇集了在美国各地和我国港澳地区巡回演讲和电视讲座的部分记录，被专家学者评为"打开中华文化之门的钥匙"。

- 2018年全年，应喜马拉雅网上授课平台之邀，把中国艺术研究院"秋雨书院"的博士课程向全社会开放，播出《中国文化必修课》。截至2019年10月，收听人次已经超过六千万。

（周行、刘超英整理，经余秋雨大师工作室校核）

图书在版编目（CIP）数据

君子之道 / 余秋雨著 . —北京：北京联合出版公司，2020.5（2022.2 重印）
ISBN 978-7-5596-4015-4

Ⅰ．①君… Ⅱ．①余… Ⅲ．①散文集 – 中国 – 当代 Ⅳ．① I267

中国版本图书馆 CIP 数据核字（2020）第 033989 号

君子之道

作　者：余秋雨
出 品 人：赵红仕
责任编辑：郑晓斌　徐　樟

北京联合出版公司出版
（北京市西城区德外大街 83 号楼 9 层　100088）
河北鹏润印刷有限公司印刷　新华书店经销
字数 187 千字　　600 毫米 × 960 毫米　1/16　16.25 印张
2020 年 5 月第 1 版　2022 年 2 月第 4 次印刷
ISBN 978-7-5596-4015-4
定价：52.00 元

版权所有，侵权必究
未经许可，不得以任何方式复制或抄袭本书部分或全部内容
如发现图书质量问题，可联系调换。质量投诉电话：010-82069336